光秀の選択

鈴木輝一郎
Kiichiro Suzuki

毎日新聞出版

光秀の選択

目次

序章　対立　5
壱章　合流　32
弐章　志賀　133
参章　槇島　231
末章　懸崖　278

序章　対立

元亀《げんき》元年九月二十二日（一五七〇年一〇月二一日）。摂津国天満森《てんまがもり》。摂津石山本願寺攻め陣中。足利義昭本陣幕外。

「主君はいつも自分の都合で喧嘩する」

明智十兵衛光秀はつぶやいた。

――そういう人生を送ってきたのだ――

斎藤道三は斎藤義龍と、足利義輝は松永久秀・三好三人衆と、織田信長は朝倉義景《よしかげ》と、そして足利義昭は織田信長と。

明智光秀がつかえてきた主君は、行く先々で喧嘩した。そのたびに光秀は巻き添えをくって苦労させられてきた。

光秀は幕外で床几《しょうぎ》から立ち上がり、腰に手を当ててすこし伸びをした。

本陣の幕内では織田信長と十五代将軍足利義昭が二人だけで密談をしている。

明智光秀は当年五十五。ふつうならとうに隠居する年齢である。

戦国の例に漏れず、明智光秀の君臣関係はややこしい。いまは同時にふたりの主君につかえている。

主君である足利義昭は三十四歳。もうひとりの主君である織田信長は三十七歳。ともに自分の息子ほどの年齢になる。

足利義昭の直属の家臣という地位は名前と権威がある。織田信長には資金がある。

光秀の名目上の主君は足利義昭だが、給与は織田信長が出している。

足利義昭・織田信長軍は、四国から再上陸した三好三人衆を迎え撃つために摂津の地にきた。その真っ最中、十日前の九月十日、顕如《けんにょ》ひきいる石山本願寺・一向一揆衆が、織田軍にむけて発砲し「反織田信長」を明確にした。この摂津大坂の陣では、三好三人衆と本願寺一向一揆衆とたたかっているのだ。

ひとつ、問題があった。

足利義昭と織田信長の仲が、きわめて悪い。

――なぜ、われら下々の者のことを考えて、こらえてくれぬのだ――

そのとき、信長の馬廻衆《うままわりしゅう》のひとりが、光秀の前に駆け寄ってひざまずき、小声で告げた。

「横山城城番・木下藤吉郎（秀吉）殿が、内密にお目通りを願いにいらしておられます」

光秀は一瞬、耳をうたがった。

木下秀吉は、先日の姉川の合戦で浅井長政・朝倉義景を大敗させたのち、浅井・朝倉の監視として、近江横山城に城番として置かれた。大坂・天満森まで一日の距離である。信長に無断で現場をはなれるのは、尋常ではない。

なにがあったのか。

「通せ」

――今度は何があったのか――

ようやく落ち着いてきたばかりだというのに。

光秀は、おおくを望んでいない。ただ平穏に生きたいだけなのだ。

天は自分に、どこまで波乱をもとめているのだろうか。


明智十兵衛光秀は美濃明智庄の生まれ。

遠縁が美濃国主・斎藤道三の正室ではあったが、斎藤道三は美濃国内では蛇蝎《だかつ》のごとく嫌われていたせいで、たいした役にもつけないまま過ごした。弘治二年（一五五六年）斎藤道三が実子・斎藤義龍と戦ったとき、光秀は道三の側についたものの道三は敗北し、光秀は牢《ろう》人《にん》した。四十一歳のことである。

なにせ人間五十年の時代である。年齢が年齢だけに仕官しようにも相手にしてもらえない。なまじ鉄砲術や兵法に長じ、文学に明るいことも災いした。高禄で雇うには年齢が高すぎる。戦国の世のこととて慢性的に人手は足らないが、欲しい人材は安くて若くて顎で使える者であって、そこそこの中堅どころの人材はどこでもあまっている。

光秀が足利将軍の直臣となったのは永禄六年（一五六三年）、四十八歳のとき。

そのときの主君、十三代将軍足利義輝はとにかく金がないので無給であった。しかも足軽扱いでの仕官だった。とはいえ「将軍の直臣」という名はまだまだ威光はある。尾張や北陸などにこまめに出張《でば》って鉄砲術や兵法を教えて日銭を稼いだ。

二年後の永禄八年（一五六五年）、光秀が京都を留守にしている間に義輝将軍が三好三人衆（三好長逸《ながやす》・三好政康・岩成友通《ともみち》）らに暗殺され、光秀はふたたび牢人生活に戻った。とりあえず一乗院に幽閉されていた義輝の弟・義昭を救出して一発逆転を狙った。一時期、足利義昭は朝倉義景に身を寄せたものの、義昭と義景との間にいさかいがおこり、美濃・尾張の織田信長をたよった。

これはうまくゆき、二年前の永禄十一年（一五六八年）、足利義昭は織田信長の支援を受けて十五代征夷大将軍となった（十四代将軍足利義栄は病死していた）。

明智光秀自身の運はうまくひらけた――ようにみえた。

永禄十二年（一五六九年）正月、いわゆる本圀寺《ほんこくじ》の変で明智光秀の武名はたかまった。織田信長の留守中、三好三人衆ら一万の将兵が足利義昭の居館・本圀寺を襲撃した。明智光秀はわずかな手勢のみで防ぎきった。

翌年永禄十三年・元亀元年（一五七〇年）四月、金ケ崎の退《の》き陣で明智光秀の武名はさらに高まった。越前・朝倉義景攻略のために出兵中、織田信長の盟友で義弟の浅井長政が朝倉義景について織田軍を襲った。織田は挟み撃ちを嫌って撤退をきめたのだが、そのときに明智光秀は木下秀吉・徳川家康らと殿軍《しんがり》をつとめた。

光秀の武運が二十年はやく開花していれば、人生はかわっていたかもしれない。ただ、遅咲きで開花した武運でもいいことはある。織田で禄をもらってからわずか二年しか経過していないが、京都奉行相当の地位についた。超のつく異例の出世だが、織田の諸将はほとんどが信長と同世代で若い。光秀の出世をねたむ声はきこえてこないのだ。

明智光秀五十五歳。側室は持つ余裕がないままこの年になった。娘が三人。そして先日、妻が四十一歳という高齢で男子を産んだ。ほとんど孫のような息子が可愛らしくてしかたがない。

ようやく光秀に運がむいてきたようにみえてきてはいる。

けれども、ひとつおおきな問題があった。

主君・織田信長にあきらかに敵対しているのは、現状では摂津石山本願寺顕如《けんによ》、四国と摂津の三好三人衆、越前朝倉義景、北近江浅井長政、南近江六角承禎《じようてい》である。

かれらをとりまとめ、信長に敵対するように命令しているのが、光秀のもうひとりの主君・足利義昭だというところである。

木下秀吉は、光秀の前に出ると、土下座で額を地にこすりつつ、ささやき声で怒鳴った。

「明智様、助けてくりゃーせ！」

本陣の幕の内では信長と足利義昭が密談している。声をあげると筒抜けてしまう。「ささやき声で怒鳴る」とは矛盾しているようだが、要するに、そういう物言いであった。

「知恵を貸してくりゃーせ！」

「いかがいたした」

光秀と秀吉の関係は微妙である。

信長から与えられた禄はどちらも似たようなもので、織田における地位もほぼ同等。織田での職歴は秀吉のほうがはるかに古い一方、光秀は将軍足利義昭の直属の家臣でもある。

とはいえ、秀吉は光秀の息子ぐらいの年齢でもある。

こういう、上下関係の複雑さが織田信長の人事の特徴でもあった。

「浅井長政と朝倉義景が手を組み……」

秀吉が言いよどむのをみて、光秀は内心、舌を打った。

織田信長は姉川の合戦で浅井・朝倉を大敗させたものの、合戦巧者の浅井長政の反撃を嫌い、深追いを避けた。浅井長政の居城・小谷《おだに》城を包囲・監視するのみにとどめている。

「小谷城から攻めおりて近江横山城を抜かれたか」

浅井長政の監視役として、木下秀吉と織田の重臣・丹羽長秀が、姉川の対岸・近江横山城に置かれていた。

丹羽長秀はこのとき森可成《よしなり》・柴田勝家・佐久間信盛・坂井政尚《まさひさ》らと並ぶ、織田の重鎮である。合戦下手の秀吉の、軍事担当としてつけられた。

ただ、浅井長政の合戦巧者ぶりはよく知られている。秀吉がまったく歯が立たないのは当然として、丹羽長秀までもが敗北するのはありえた。

「いいえ、横山城と丹羽様は無事でいりゃーす」

ざわ、と光秀は全身の肌が粟立つのがわかった。

「では、浅井・朝倉が琵琶湖を南下したか」

「はい」

「どちらに」

浅井長政・朝倉義景が小谷城から南下した場合、考えうる目的地は二つ。

ひとつは東側。織田信長の本拠地・岐阜である。

信長の主力は、四国から戻ってきた三好三人衆と摂津石山本願寺顕如との対決で大坂の地から身動きがとれない。浅井・朝倉軍が岐阜を襲えばひとたまりもない。

ただし。

浅井長政・朝倉義景は「織田信長には敵対するが、足利義昭の味方」である。岐阜が潰れても、光秀にとっては織田信長が浅井長政・朝倉義景にかわるだけで済む。

身勝手なようだが、浅井・朝倉の針路が岐阜に向かった場合、明智光秀とはまったく無関係で、光秀は責任を問われないし、困りはするものの、なんとかなるといえば何とかなる。

ふたつめの目的地は——

「琵琶湖の西側を……」

秀吉の言葉に、光秀は目眩をおぼえた。

考えられる、もっとも悪い事態である。

金ケ崎の退き陣のあと、北陸からの上洛経路のひとつである、琵琶湖西側の若狭衆の人質のとりまとめは、明智光秀がおこなった。

浅井長政・朝倉義景の連合軍が琵琶湖西側の経路をとったとすれば、事前に察知できなかった明智光秀の責任を問われるのだ。

「京都に向かっているのか」

「いいえ」

内心、すこし胸をなでおろした。

琵琶湖西岸の経路の出口・近江坂本城には、信長の重鎮・森可成《よしなり》（蘭丸の父）がいる。

森三左衛門可成は織田信長の重臣中の重臣で、信長が家督相続後、尾張を統一する際に信長のもとで奮戦してきた。織田家中のなかで、現在の信長を築きあげた最大の功績者と言ってもいい。

「森三左衛門様がとめてくださったか」

「いいえ」

「まさか」

「森様は浅井・朝倉を相手に戦死なされて……」

光秀は、自分の顔から音を立てて血が引くのがわかった。

「まだあるのか」

「浅井・朝倉は逢坂の関を越え、洛外・山科に攻め寄せとるのや」

浅井・朝倉軍が、京都とは、わずかに山ひとつはさんだ場所までせまっているのだ。

「その数、およそ三万」

摂津攻めの織田軍は全軍でおおむね五万。敵対しているのは野田・福島城の三好三人衆だけではなく、摂津石山本願寺に籠城している一向門徒が加わっている。敵方のほうが数が多く、しかも織田の退路を断とうとしている。

考えられる、もっとも悪い事態よりも、さらに悪い事態であった。


木下藤吉郎秀吉。

秀吉は信長より三歳年下で、当年三十四歳。尾張中村の生まれで、元は信長の草履取りだか馬の口取りだとかの雑人——要するに「人として勘定に入れられないほど低い身分」の出だという。

明智光秀が足利義昭の使者として織田に出入りしていた永禄年間には、すでにそこそこの者になっていた。宛行状《あてがいじょう》（主君が家臣へ土地所有権を与える書状）に添書する程度の身分である。

実務上、低い身分の者への宛行状は添書きした者が作成し、主君は確認の花押を押すのみであるのが通例である。

下剋上の戦国時代といえども、雑人が出世できるのは足軽頭がせいぜいなので、木下秀吉は破格の出世をとげてはいる。

ただし、武運がない。

永禄十一年（一五六八年）の織田信長の上洛時、経路をふさぐ六角承禎らとそれなりに戦った。これは織田信長・徳川家康・浅井長政（このとき浅井長政は信長と同盟を結んでいた）の三人が六万という空前の大軍を投入していた。言ってしまえば、誰が指揮しても勝てた戦いだった。

翌年永禄十二年（一五六九年）の織田の伊勢攻めの際には太ももに矢を受けて戦線を離脱した。織田と伊勢との和睦交渉で活躍はしたが、それは武功には数えられない。

本年元亀元年（一五七〇年）四月、金ケ崎の退き陣で明智光秀とともに殿軍をつとめ、浅井長政・朝倉義景連合軍の猛攻をささえて織田全軍を退却させることに成功した。

とはいえ本年元亀元年六月の姉川の戦いで大失敗をした。朝倉・浅井連合軍と織田・徳川連合軍とが姉川をはさんで決戦をおこなったとき、木下秀吉の軍は突撃してくる浅井長政の本隊の前にあっけなく崩壊した。浅井長政の主力が織田信長本陣にあと一歩というところまで肉薄するのを許したのは、木下秀吉の合戦下手も理由のひとつである。幸い、織田が圧倒的多数だったこと、徳川家康が側面から浅井長政軍を押したことで姉川の戦いは勝利をおさめることができたが。

木下秀吉の軍事面での失策は、数えあげたらきりがないが、それだけ数多くの戦場に駆り出されている、ともいえる。そして、秀吉がおおきな失策をしても信長はさほど強くとがめず、積極的に木下秀吉を起用した。

姉川の戦いで木下秀吉は織田を危機におとしいれたが、信長はその事実に目をつむり、秀吉を近江横山城の城番にした。朝倉・浅井連合軍の監視役である。

織田信長は、依怙贔屓《えこひいき》といっていいほど木下秀吉を重用した。明智光秀のほうが出世は早いが、将軍足利義昭の直属の家臣兼任という地位、短期間でたたみかけるような武功、何よりも織田の重臣たちの父親ほどの高齢、という事情があって、光秀の出世をねたむ声は聞こえない。

だが、秀吉は違う。

まだ若く、そしてほんの十年前にはどこの誰だか名前も知らないような者だったのに、いつの間にか織田において、重臣のその次ぐらいの地位についている。歴戦の武将といいたいところだが、調略では織田で右に出る者がいないけれど、武略では毀誉褒貶《きよほうへん》が混在している。これほどまでに信長に重用される理由がわからない。

木下秀吉は、ねたまれている。織田において、難しい立場にいた。

「どうしたらええと思ゃーす」
「木下はどうしたい」
「昔に戻るのやなければ、どんなことでも」
苦労人の秀吉らしい返事だといえばいえるが。
――そんなことは、私とておなじだ――

そもそも、光秀は今のいままで、まったく何も知らされていなかった。

浅井長政・朝倉義景の軍が、足利義昭の命令で動いているのは明らかだった。

摂津に陣取る信長軍の敵である本願寺顕如に指令を出しているのが、織田軍の名目上の総大将・足利義昭だということだけでもじゅうぶんややこしいのに、織田軍の背後に襲いかかろうとしている浅井長政・朝倉義景軍に命令を出しているのも足利義昭という具合である。

ただ、足利義昭と織田信長を同格に考えるから複雑そうにみえる。

「足利義昭政権下で、織田信長に過剰に力をつけさせないために、他の勢力を信長の抑止力として使う」と考えれば、理屈は通る。足利義昭が織田信長に対して発言を強めたいから、という理由はよくわかる。

よくわかるが、わかるわけにはゆかない。

明智光秀は、織田信長の家臣でもあるのだ。

——どうする？——

「とりあえず、丹羽長秀様のせいにしていないことだけは褒めてやる」

木下秀吉と明智光秀のつながりは、実のところけっこう深い。

信長が上洛して京都を支配下に置いたとき、明智光秀と木下秀吉は、ともに京都の奉行として置かれた。足利義昭と禁中に詳しい光秀は京都に常駐し、財務と民事と民政と外交交渉に強い秀吉は京都と岐阜と横山城をせわしなくとびまわった。

秀吉の学のなさに、光秀は驚かされることはけっこうある。

京都で殿上人とつきあうためには、『源氏物語』『平家物語』などの和物の素養はもちろん必須である。けれども秀吉は、武家の一般教養である『易経』や『論語』どころか、庶民の一般教養である『庭訓往来《ていきんおうらい》』も目を通しているかどうか。京都の奉行のひとりではあるので一通り文字は読める模様だが、書くほうはいささかあやしい。

ただ、同僚として感心することはある。

秀吉が、その場にいない人間の悪口は絶対に言わないことと、どんな失策も決して他人のせいにしないことである。

それなりに出世するためには、他人の功績を横取りし、自分の責任を他人になすりつけるのは必要なことではあるのだが。

「それにしても、よく逐電《ちくでん》（職場放棄）せずにしらせに来た」

その場で信長に首をはねられても文句は言えない大失策である。信長が怖くて逃げ出しても、だれも責めはしまい。

京都の奉行といっても明智光秀や村井貞勝らで分担しているし、横山城の城番といっても総責任者は織田の重鎮・丹羽長秀なので、秀吉がいなくなっても、ほとんどなにも困らない。いまの木下秀吉は、ほかに替わりはいくらでもいるのだ。

「明智さまが、わしの立場だったらどうしやーす」

「私は、ほうりなげたら次の仕官先がなくなる」

やりなおしのきく歳じゃないから、とは言わない。

「こうみえても、いちおう戦国の武将だからな。『名こそ惜しけれ』とやせ我慢して生きるのも大切でね」

「それは、わしも同じだがや」

馬鹿にするな、といいたいところだが、似たような立場である。

――さて、どうするか――

そのとき。

本陣の陣幕が、内側からはねあげられた。

織田信長がひとこと、

「おい」

と言い、目だけで「入れ」とうながした。

陣幕の奥の最上席から、従三位《じゆさんみ》大納言・十五代征夷大将軍足利義昭が、声をかけてきた。

「その方ら、余に報じることがあろう」


足利義昭は、戦国最高の交渉の名手である。当年三十四歳。

木下秀吉もかなりの交渉力があるものの、規模がまるで異なる。

義昭が交渉した相手は、越後国の上杉謙信（この当時は上杉輝虎）、甲斐国・武田信玄から薩摩国・島津義久にいたるまで幅広い。越前国朝倉と隣国・加賀国一向一揆との五十年にわたる抗争をまとめあげて和睦させることまでやってのけた。

天文六年（一五三七年）の生まれ。十三代将軍足利義輝の弟である。六歳のとき興福寺一条院に入り出家。

明智光秀は足利義輝の足軽だった（といっても足利義輝は管理職である奉行なんぞ雇える状態ではなかったので、「奉行に次ぐ地位」といった扱いだった）が、日銭を稼ぐために京都を留守にしている間に足利義輝が暗殺された。

光秀は義輝の奉公衆（重臣）・細川兵部大輔《ひょうぶだいふ》藤孝に誘われ、幽閉されていた義昭（当時は覚慶。のち還俗《げんぞく》して義秋。煩雑なので本書では「義昭」で統一する）を救出した。

永禄八年（一五六五年）七月、足利義昭は、興福寺を脱出するとほとんど同時に将軍職をめざした。

足利義昭はとにかくこまめな男であった。

興福寺から脱出するや、甲賀や近江矢島、若狭などを流浪した。なにせ足利義輝を暗殺した三好三人衆らは、義昭の従弟・足利義栄（当初は義親）の擁立をはかっており、義昭は命を狙われる身である。

そんな状態でありながら、義昭は諸国に支援要請やら敵対している武将の和睦の仲介などをしまくった。

脱出した翌月には上杉謙信に足利家再興を宣言し、武田信玄に出兵をもとめ、島津義久や肥後国相良義陽《さがらよしひ》にまで出兵を求めた。

上杉謙信と武田信玄、相模国北条氏政に和睦を命じた。

永禄九年（一五六六年）五月、織田信長が足利義昭に美濃国・斎藤龍興《たつおき》（道三の孫）との和睦を依頼してきた。義昭は斎藤龍興に和睦を命じて成立した。だがこれは織田信長が一方的に破棄し、木曽川越しに美濃に攻め入ったのだ。ただしこのとき信長は斎藤龍興に惨敗し、信長の上洛は中止となった。

足利義昭は近江矢島に潜伏中だったのが三好三人衆に知られ、また命を狙われた。避難しようにも若狭国武田義統《よしむね》は内乱につき動けず、越前国朝倉義景を頼って越前敦賀・金ケ崎城に入った。この間に朝鮮国王・李昭からの親書をうけとるということまでやっている。

義昭は引き続き上杉謙信に武田信玄・北条氏政との和睦と上洛を要請し、安芸国毛利元就に上洛を要請。その一方で、摂津国本願寺顕如へ加賀一向一揆衆と朝倉義景との和睦を命じて断られる。

永禄十年（一五六七年）三月、義昭の寄寓先の越前国で内乱があった。朝倉義景の家臣・堀江景忠が加賀一向一揆衆と通じて謀反を起こした。これは義昭とは無関係な内乱で、義昭は一向宗門跡本願寺顕如と朝倉義景との仲介に動いた。

同年十二月に足利義昭は加賀一向一揆と朝倉義景の和睦を成立させ、また、越前朝倉と摂津本願寺の和睦まで成立させた。

足利義昭は引き続き朝倉義景に上洛を督促するも義景は動かず。武田信玄の母親を推挙して従二位に叙させることに成功したものの武田信玄は「遠国により出兵できず」と上洛を断ってくる。上杉謙信は越後国内に内乱があり動けなかった。

永禄十一年（一五六八年）七月、義昭の身柄を織田信長が引き受けることを承知し、義昭を奉じて上洛。十月には、ついに足利義昭は従四位下《じゅしいのげ》参議左近衛中将《さこんえのちゅうじょう》・征夷大将軍に任ぜられた。

どれひとつとっても普通の大名なら一生に一度あるかないかの出来事ばかりだが、足利義昭が興福寺を脱出して十五代将軍となるまで、わずか三年しか経っていない。

明智光秀が、足利義昭の興福寺脱出から将軍襲職までの間のいきさつを間近で見てきた実感として義昭について確実に言えるのは、

「まめでしつこくあきらめない」

「どんなに不可能だと思われようが気にしない」

というところである。

足利義昭の「報告しろ」との下命に、明智光秀は床几を降り、織田信長と足利義昭の側を向いてひざまずいた。

「京都差配兼近江横山城差配・木下藤吉郎が上様（将軍・足利義昭）ならびに織田弾正《だんじょうの》忠《ちゅう》信長様に言上つかまつりたき緊急の件があり申し由に候」

明智光秀は木下秀吉の側をみた。秀吉の顔面は蒼白である。

「私がかわりに申し上げようか？」

秀吉は光秀にはこたえず、額を地面にこすりつけて絶叫した。

「浅井長政・朝倉義景を見逃しました！」

秀吉は自分で全責任をとるつもりらしい。

「浅井長政・朝倉義景は五日前の九月十六日に小谷城を尾根づたいに脱出、合流して琵琶湖西岸を南下、一昨日九月二十日、比叡山下・近江坂本城、宇佐山城にいたり、森可成様が野戦で防戦なされるも力およばず戦死。ただし宇佐山城は落ちず、浅井・朝倉は進路をかえて京都に向かい、逢坂の関をこえて山科にいたっております！　浅井長政・朝倉義景あわせて三万！」

木下秀吉は息もつがずに一気に言い切った。

「それは、あやうい」

足利義昭は、左の唇をつりあげるようにして笑いながらこたえた。わりあいに小柄だが伴天連《ばてれん》と見まごうほどに彫りの深い、目鼻立ちのはっきりした男である。おおきな目と大きな鼻、眉尻が太く濃い、美男であった。

「上様は、なかなかに楽しげにいらせられる」

織田信長は無表情のまま、動ずる様子もなくこたえた。陣幕をはねあげ、足利義昭に背をむけている。

足利義昭は信長を見ず、光秀と秀吉を見下ろすかたちで言った。

「『上洛する』とした約束を勝手に捨てて命をあやうくさせる者もあれば、上洛できなんだことを悔い、あらためて忠義を示す者もおる」

——こいつらは、何をかんがえているのだ——

明智光秀は信長と義昭のあてこすりあいに、内心頭をかかえた。秀吉の側をちらりと見た。けれども秀吉は悩んでいなかった。本来なら秀吉の責任を問われる局面なのだが、信長の怒りの矛先が、秀吉ではなく、足利義昭の側に向いている。

足利義昭は、つづけた。

「それを思えば、『難儀』と申すほど周章狼狽することもなかろう」

義昭は、顔に「得意」と書いていた。それはそうだろう。これまでの流浪と命を狙われる潜伏と、握りつぶされあるいは無視されても出し続けた無数の書状の虚しさが一転した。

義昭は、立てた織田信長制圧の策略・謀略のたぐいがことごとく的中しているのだ。面白いに決まっていた。

「上様、おいいたが過ぎますな」

義昭の謀略で信長の重臣・森可成が戦死し、そして京都が落ちようとしている。なにより、織田全軍が浅井・朝倉軍と、石山本願寺城一向一揆・三好三人衆とにはさみ討ちされようとしている。織田存亡の危機なのだ。

「信長、忘れるな。『余をたすけよ』と命じた者は日本全国におる」

すくなくとも、織田信長の本陣のなかにいて、織田信長軍を包囲している、その総大将は、目の前の足利義昭その人である。

「織田信長のかわりは、天下にいくらでもおる」

「上様は俺に『天下に号令するのは足利将軍だ』とでも仰せになりたいか」

「織田信長、余はお前をひざまずかせる」

ふたりの不穏なやりとりに、明智光秀は身を乗り出した。信長が腰の太刀を抜こうとすればただちに止めるために、だ。

ここで信長が怒りにまかせて将軍・足利義昭を斬り捨てれば、その瞬間に織田には大義も名分も消滅する。織田を包囲している者たちが一斉に織田に襲いかかるのだ。いかに信長でも、それではひとたまりもない。

明智光秀にとっては、主君の足利義昭と、給料を出している織田信長の、どちらに倒れられても困る。

けれども信長は表情をかえない。

「信長、無謀なことを、と、余を嗤《わら》いたければ嗤うがよい。余がなしたることをみよ」

「俺は、嗤いませぬ」

織田信長は、陣幕をはねあげたまま、足利義昭に背を向けたまま、自分に告げるように言った。

「やると決めたことは、できるまでやる。それは俺も同じに候」

織田信長と足利義昭との関係はこじれている。

信長が足利義昭に、「他の武将と勝手に連絡をとりあうな」と命じたからである。

織田弾正忠信長は三十七歳。現在にいたるまで無位無官である。上総介・尾張守・弾正忠と、これまで名乗ってきた官位は、すべて自称であった。

織田信長は短気直情の印象があるけれど、実情はというと強靭な意志とねばり強さ――というより、こちらもしつこくてあきらめない、かなりの粘着質な男である。

天文二十年（一五五一年）十八歳のときに家督を相続。このとき尾張はまだ群雄割拠の状態にあった。対抗勢力や謀反を制圧し、尾張を統一したのは永禄元年（一五五八年）。青春時代の七年間を費やしている。

義父の斎藤道三が弘治二年（一五五六年）に美濃内乱で戦死したとき信長は援兵を出したものの敗退。これを端緒として美濃を攻め続けるが、織田信長はほとんどの合戦で敗退した。一時的に国境の城を占拠することはあったものの維持できなかった。内通者の協力を得て美濃稲葉山城をとり、岐阜城としたのは永禄十年（一五六七年）、なんと十一年の歳月をかけている。

尾張統一時代の織田信長は連戦連勝であった。千騎程度の小規模な軍を操ることでは、信長は圧倒的な才能をみせた。

美濃攻略時の織田信長は、別人のように弱かった、ことごとく負けた。

とにかく負けた。道三の息子・斎藤義龍は内政上手でつけいる隙がなかったが、永禄三年（一五六〇年）斎藤義龍が急死し、斎藤龍興が家督をついだのを好機とみて、信長は同年六月と八月に美濃に出兵するが敗退。翌年永禄四年（一五六一年）に美濃森部に出兵して戦勝するも、兵を進めた美濃十四条で敗北して後退し、さらに美濃西軽海《にしかるみ》に後退して交戦するが敗北して美濃から兵を退《ひ》いた。永禄八年（一五六五年）は東美濃堂洞《どうほら》、加治田《かじた》城を攻略して落とすものの維持できず撤退。

永禄九年（一五六六年）五月、織田信長は近江矢島に潜伏していた足利義昭に美濃国・斎藤龍興との和睦の斡旋をもとめた。もちろん信長は和睦をする気も上洛する気もまったくなかった。和睦が成立して斎藤龍興が油断したところで美濃に攻め入って大敗北を喫した。

西美濃三人衆の内応を受けて稲葉山城を落城させ、岐阜入りしたのは永禄十年（一五六七年）である。

おおまかに数えるだけで信長は美濃とは九度合戦し、二度勝利したものの六度敗北。最後に稲葉山城攻めで勝って美濃を手に入れた。

この時の織田信長は、尾張国五十七万石（ここには林業収入や水運収入、商人からの租税などを計算にいれていない）。一国だけでも美濃国五十四万石を上回る、全国屈指の大国であった。

ふつうの戦国武将ならば、これほど負け続ければ途中であきらめる。

織田信長が負けても負けても負けても美濃攻めを続けられたのは、潤沢な軍資金を調達できたからである。

けれどもそれ以上に、頑迷で粘着質な信長の性格が大きい。

織田信長は少年時代、奇行で知られ、「うつけ者」と嗤われ続けた。尾張を統一する途中、家臣団たちの謀反と反抗に悩まされてきた。信長が尾張を統一できるとは、誰ひとり思っていなかったといっていい。

尾張統一直後の永禄三年（一五六〇年）、桶狭間の合戦があった。このとき尾張は総勢で二万は動員が可能だったが、信長の命令について今川義元と戦ったのは、わずか二千あまりだった。

こんな、話がある。永禄十年（一五六七年）、信長が美濃を制圧して間がないときの話である。

京都に住む鷹好きの者が、関東でよい鷹を二連、手にいれた。関東からの帰りがけに岐阜城を訪れた。当時から信長の鷹好きは知られていた。「信長様にも一連さしあげます」という申し出を信長は喜んだが、鷹はその者に返した。「天下をとった折にもらうので、それまで預かっていてくれ」と告げた。

信長の反応に驚いたその鷹好きは、京都で信長の話をしたところ、京都の者たちは、「遠国にしてかなわず」と信長を嘲笑した。

翌年永禄十一年（一五六八年）九月、京都を占領してのち、信長を嗤う者は、いない。

そして織田信長と足利義昭の仲は、こじれている。

信長が義昭に「他の武将と連絡をとりあうな」と命じているからである。

信長は、足利義昭を将軍につけた瞬間から、義昭の将軍としての権威を制約したがった。なぜならば、足利義昭は、信長の軍事力とは無関係に、圧倒的な交渉力を発揮したからである。

将軍についた翌年の永禄十二年（一五六九年）、足利義昭は積極的に諸国に使者をつかわし、戦国大名たちの和睦をはかった。九州・豊後国の大友宗麟に幾度となく安芸国・毛利氏との和睦を命じた。

足利義昭は越後国の上杉謙信（当時は輝虎）には甲斐・信濃の武田信玄との講和を命じた。上杉謙信と武田信玄は北信濃・川中島を巡って五度にわたる戦いがあったが、義昭の仲介によって事実上の停戦状態を維持していた。

義昭は上杉謙信に北条氏との講和を命じつづけてきたが、閏《うるう》五月には、上杉謙信と北条氏との和睦（このときは北条氏康）を成立させた。

諸国の武将に向けて税の徴収を命じ、そして大坂の本願寺顕如からは歳暮の使者が送られてくるほどの関係となった。

遠国の和平が京都の足利義昭・織田信長になんの関係があるのか。

遠国の争いがなくなれば、かれらはいつでも京に攻めのぼることができ、織田信長に対抗する力となるからだ。

当初、織田信長は足利義昭の、そんな動きを軽くみていた。織田信長は、尾張の統一と美濃を併合するだけで人生の大半をついやし、無数の血を流してきたのだ。いかに征夷大将軍といえども、書状だけで遠国の戦国大名が動くとは考えられなかった。

同年永禄十二年十一月、織田信長は南伊勢・大河内城で北畠氏を攻めるが苦戦。足利義昭に支援をもとめた。義昭の仲介により北畠氏は織田に条件をつけて降伏した。軍事力だけでは戦国武将はなびかない。

足利義昭将軍の、政治力と交渉力は、現実として信長の脅威となっていたのだ。

このため、永禄十三年（元亀元年・一五七〇年）正月、織田信長は足利義昭に五箇条の条書をつきつけて承諾させた。

一、諸国への命令事項は信長を通すこと
二、いままでの将軍の命令はすべて無効とすること
三、将軍から下す褒賞は信長に掌握させること
四、政治は信長が独占した。将軍の意思は関係ない
五、将軍は朝廷との関係に専念せよ

それと同時に信長は近隣諸国の大名に上洛を命じた。越前国朝倉義景は、この織田信長の命令を蹴ったために、信長が制圧に向かい、その途上で同盟者・浅井長政に裏切られて襲われて金ケ崎の退き陣がおこり、そして姉川の合戦となった。

摂津国・野田城、福島城は足利義昭と織田信長の共通の敵だが、かれらに応じて織田信長に対抗し、織田軍に襲いかかった摂津国石山本願寺顕如は、足利義昭を支援している。

そして、織田がたたきのめしたはずの、浅井長政・朝倉義景は、大軍をひきいて信長をは

さみ討ちにしようとしていた。

「織田信長、余はお前をひざまずかせる」

足利義昭の言葉に、明智光秀は身構えた。信長が腰の太刀を抜こうとすれば止めるつもりだったが、信長は表情をかえない。

「俺は、嗤いませぬ」

織田信長は、陣幕をはねあげたまま、足利義昭に背を向けたまま、自分に告げるように言った。

「やると決めたことは、できるまでやる。それは俺も同じに候。ただし――」

信長は、身じろぎもせずにつづけた。

「頭はさげぬ。助けも求めませぬ」

「信長、そこもとの恩は忘れはせぬ。されど、そこもとが余をかつがなくとも、誰かが余をかつぎあげたことも忘れるな」

「いかにも、俺のかわりはいくらでもいるだろう。されど、上様は忘れておられる」

「何を」

「神輿《みこし》はじぶんで歩けない」

――つまりどうしたいのだ、お前らは――

明智光秀は、全身に冷たい汗が浮かんでくるのがわかった。どちらの命令をきいて、どうやってうごけばいいのかわからない。

誰が命令するのか。総大将は誰なのか。指揮する者どうしの争いは、結局、じぶんたち下々の者がひっかきまわされる。うかつに口をひらけば、光秀自身の立場もあやうい。

光秀は木下秀吉の側に振り向いた。

——どうする——

「御下知《げち》をくりゃーせ！」間髪をいれずに秀吉がひれふして怒鳴った。秀吉が先に口を開いたということは、とりあえず総大将が信長だと認めることでもある。

「馬廻衆（護衛兼伝令）を呼べ。織田の全軍を京に引き揚げる。今夜中に全軍の移動を終えろ」

京都から摂津大坂の陣までおよそ十一里（約四三キロメートル）。徒歩なら半日だが五万の大軍だと荷や軍装をともなう。かなりの強行軍だといえた。

「承知しゃーした！」

「猿（秀吉）、力をふりしぼれ。出世できるところまで俺がひきあげてやる。将軍様をよくみておけ」

信長の表情は、かわらない。

「人は無能になるまで出世する」

征夷大将軍は武士の最高位で、武士の出世の行き止まりである。

壱章　合流

一　狙撃

話は序章より二年前にさかのぼる。

永禄十一年四月十五日（一五六八年五月一一日）、昼。越前国一乗谷城。本丸表御殿前庭。

明智十兵衛光秀は当年五十三歳の老齢であった。甲冑に身をかため、木下藤吉郎秀吉とともに庭先でひかえていた。足利義昭の元服の場である。

殿上には牢人・足利義秋あらため義昭のほか、義昭の後見人・越前国主・朝倉孫次郎義景《よしかげ》、越前の同盟国・北近江国主・浅井備前守長政などなど。まあ、殿上といっても光秀の立場からは雲の上の存在ではある。

光秀は、義昭の元服奉祝と武運長久をねがって甲冑柔術の奉納演武を披露することを命じられた。

光秀は足利義昭直属の家臣で、武術指南兼奏者兼右筆《ゆうひつ》兼対外下交渉奉行兼鉄砲奉行兼足軽

頭兼足軽という役職である。そう書くと凄そうだが、要するに足利義昭の懐《ふところ》はからっけつなので、光秀ひとりを雇って経費節減、ということだ。もっとも、光秀の俸禄は義昭からではなく、朝倉義景が肩代わりしているが。

ちなみに足利義昭・朝倉義景は現在のところ、岐阜の織田信長とは犬猿の仲である。木下藤吉郎がここにいるのは非公式であった。形のうえでは「柔術家・明智十兵衛光秀の門人、中村五兵衛」という偽名をつけた。

それはともかく。

次席で奏者（式進行役）をする細川藤孝が光秀たちに声をかけた。

「されば足利義昭公家来・明智十兵衛、ならびに門人・中村五兵衛、演武なされい」

「御意」

光秀は甲冑姿のまま、にじり出ながら、木下秀吉につぶやいた。

「とにかく私にまかせろ。力まず、馬に乗るときの要領で力をぬけば、怪我だけはしない」

「ほんとうやな」

「たいていは。何ごとにも例外はある。気にするな。痛いのは私じゃない」

先日、光秀が足利義昭の密使として岐阜を訪れたときのこと。

木下秀吉が明智光秀の奉納演武の件をどこからか聞きつけ、長良川畔の光秀の宿におしかけてきた。

「わしは朝倉と足利義昭様との関係に探りを入れたい。出させてくりゃーせ」

そのとき、おもわず光秀はききかえした。

「お前にウケが務まるのか」

要するに、秀吉ほど体術の才能がない奴を、光秀はみたことがなかったからだ。

「演武はセメではなくウケの力量で決まる。剣術の形《かた》では、やられる側の仕太刀《しだち》のほうが上位になる」

光秀は秀吉の左手首をとり、手首の外関《がいかん》のツボをとった。その場でガクンと秀吉の腰の力を抜かせ両膝をつかせた。八光流柔術『雅勲《がくん》』である。

「お前、ここまであっさり極《き》まってしまっては、奉納演武にならないぞ」

「わしと信長様は、他のどんな武芸家よりも力があるのを、わかってりゃーすか」

「どんな力だ」

「金持ち」

光秀は崩し落とした秀吉の左の手首を、すこしひねった。秀吉はその場で三回転して吹っ飛んだ。

「実力に差がありすぎる」

木下秀吉は当年三十二。明智光秀からすると息子のような年齢である。

秀吉は元は信長の草履取りだかなんだったか、そんな雑人だったらしい。清洲城で信長に顔面に小便をひっかけられ、激怒して信長に食ってかかり、それが立身のきっかけになった、という話もある。ことの真偽はどうでもいい。そんな噂が他国にいる明智光秀の耳にとどくほど、木下秀吉は周囲から軽んじられている、ということだ。

光秀が秀吉と知り合ったとき、秀吉は足軽頭に毛の生えた程度とはいえ奉行格の地位にあり、それでも破格の出世と言われたこと、そして秀吉の出世をねたむ者から悪意ある噂を流されるような立場に置かれていたことはわかった。

秀吉は金策の名手で、いつも永楽銭の束を腹にくくりつけ、しかも金離れがよかった。光秀が文学と武道と鉄砲術に明るいと知ると、永楽銭の束を小脇にかかえ、「文字と武術を教えてくりゃーせ！」と土下座しながら押しかけてきた。それだけの関係にすぎないはずだったのだが。

「されば両名、立ちませい」

奉納演武の奏者（司会）は細川兵部大輔藤孝。細川藤孝は三十五歳。こちらも光秀の息子といっていい世代だが親代々の足利将軍家の正式な側近で、足利義輝の代のときに中途採用された光秀とは格が違う。

明智光秀は、「御意」とこたえて木下秀吉とともに足利義昭と朝倉義景との前にひざまずいた。

「将軍継嗣《けいし》義昭公の元服を慶祝し、足利家家来・明智十兵衛、柔術披露奉納つかまつり候」

甲冑だけでなく、顔面の保護具である面頬《めんぼお》をつけているので、木下秀吉の顔は周囲にはわからない。

「蛙押《かわずおさえ》に候」

光秀は秀吉の後ろにまわり、まわりざまに秀吉の足首を刈りあげて秀吉をうつ伏せに蹴り倒す。

秀吉がうつ伏せに倒れる間際に秀吉の両脚を折りたたんで裏胡座《うらあぐら》をかかせ、両足首の三陰交《さんいんこう》のツボを折り重ね、その上にさらに光秀の右膝を重ねて、秀吉の両脚の動きを制する。

秀吉がカエル形にうつ伏せになって身動きがとれなくなり、光秀は秀吉の背に馬乗りになる。光秀は秀吉に馬乗りになったまま、左手で秀吉の顎をつかんでそらせ、面頬の喉垂《のどた》れをはねあげて秀吉の喉をさらさせた。

光秀は右手を大仰に高くさしあげ、ゆっくりと右手の親指を、秀吉の喉にあて、そして横に引いた。

「首、狩り申し候!」

その瞬間。

光秀の視界の隅に、火縄のちいさな火がみえた。

距離およそ十五間(約二七メートル)。本丸の塀のむこう側に見越《みこし》の松がある。その松の木に、しがみついている鉄砲手がいた。

光秀は鉄砲狙撃手と視線があった。光秀は目で問うた。

——何者だ?——

――愚を問うな――

狙撃手が目でこたえた瞬間、光秀は狙撃手のねらいがわかった。狙撃手の狙いは足利義昭である。

光秀は、秀吉の後ろ襟と具足の後ろ帯をつかんでふりあげた。射線上に秀吉をほうり投げる。

銃声が響いた。

秀吉の胴に銃弾が命中した。

にぶい音とともに秀吉が殿上にころげ上がった。

明智光秀は腰の短刀を狙撃手に向けて投げつけた。短刀は狙撃手には当たらず、見越の松の幹に命中した。

「狼藉者はあれにあり申し候！」

光秀は塀の外を指さしながら、殿上にとびあがり、足利義昭と狙撃手との間の射線をさえぎった。この場にいる者で、甲冑で完全武装しているのは、明智光秀と木下秀吉だけである。秀吉は胴に弾丸が命中して、ころがっているのだから、次に義昭の身を守るのは、光秀しかいない。

「一同、出《い》でて捕らえませい！」

足利義昭と朝倉義景を退出させる者、朝倉義景たちの退路を守る者、狙撃手逮捕のために駆け出す者、それらで騒然となった。

そんななか。

木下秀吉はころがったまま身動きひとつしない。秀吉の具足の胴には鉄砲でうがたれた穴があき、そこから銭束がゆがんでいるのが見えた。血は流れていない。銭束が銃弾をとめたのだ。

「物のたとえでなく、本当に銭で命が助かるのだから、ある意味すごい奴だ」

「やかましいわ」

秀吉は絞り出すように言った。

「アバラが折れたかも知れへん」

「希望が折れるよりはいい」

反射的に足利義昭の命を救ってしまったが、

——義昭が殺されたほうが、次の仕官先をきめやすかったかも——

主君が死ねば他人都合、自分から職を辞すれば自己都合で、同じ牢人でも、仕事の見つけやすさがまるで違うのだ。

二　岐阜

永禄十一年四月十八日（一五六八年五月一四日）岐阜城下。鷲林山《しゅうりんざん》常在寺厨房。ここは三河・徳川家康先遣隊の本陣であった。

足利義昭狙撃事件から三日後である。

明智光秀は、木下秀吉とともに北近江・国見峠経由で岐阜にはいった。

なぜ明智光秀は岐阜にきたか。

織田信長に「足利義昭を狙撃した下手人の身柄を素直に引き渡せ。それならば信長を許してやる」と命令し、狙撃犯を逮捕のうえ、越前朝倉へ連行するためである。

木下秀吉は厨房の竈《へっつい》の脇に腰掛け、湯漬けをすすりながら、光秀の眼の前で、まかないの女の尻をなでて声をかけた。

「なあ、おみつ」

「そっちのごはんは、あ・と・で」

女が嬉しそうなのが、光秀には意外であった。秀吉の見た目は美男とはほど遠く、

――猿だぞ、猿――

「徳川様のお膳の具合はどうや」

「粗食でいやーすねえ。麦飯と菜だけで。魚は包んでもって帰らっせた」

寝る前に晩酌の肴にして経費を浮かせる、といったところか。「徳川は吝《しわ》い」とは聞いていたが、噂通りではある。

「徳川家康様御本人はいついりゃーす（来るのだ）？」

「食膳だけではわからんがー（わかりませんけど）」

女は美濃の訛りでこたえた。秀吉の尾張訛りとは、ほんのすこし違う。

「ただ、徳川様からは『家臣の者たちと同じ膳にせよ』とは言われとるがー」

「いかにも、苦労人で家臣思いの徳川様らしい話だがや」

秀吉は笑いながら女に話しかけた。

「厨房と厠（便所）を制するものは、いくさを制する。下げた膳からは将兵の懐具合と育ちがわかる。厠の便壺をあらためれば将兵の息災（健康）の様子がわかる。徳川様は、そこいらのところを、よく知ってりゃーす、ってことだぎゃー」

けれども、光秀の思いは違う。

「徳川様が隠密に岐阜入りしても、食膳からでは予測できぬ、ということではないか」

主君の動静は可能な限り秘密にする。これは暗殺予防の基本ではあった。

いまの岐阜は、織田信長上洛直前の、緊迫した状態にある。それだけは間違いない。


足利義昭が何者かによって鉄砲で狙撃された事件は、いうまでもなく大問題であった。

「しつこくののしれ他人の失敗、笑ってごまかせ自分の失敗」とは組織に身を置くうえでは鉄則なのだが、光秀には義昭狙撃の責任をなすりつける相手が、足利家中にも越前朝倉家中にもいなかった。

足利義昭の命を狙って得をする者がいるとは思えない。そもそも足利義昭は、越前では自前の領地を持たず、調整能力が卓抜しているだけの男なのだ。殺すほどの価値はない。

足利義昭は幾度となく三好三人衆に命を狙われたが、かれらはかれらの傀儡《かいらい》となる足利義栄を征夷大将軍の座につけることに成功した。わざわざ義昭を暗殺するような手間をかける必要はない。

ただ、足利義昭とは犬猿の仲の人物がすぐそばにいた。

織田信長である。

非公式でも内々でも隠密でもかまわないから「とにかく信長の謝罪の言質《げんち》をとりつけろ」と、明智光秀は足利義昭から厳命された。

「されど、信長が策したという証左（証拠）がありませぬ」

「証左の有無はどうでもよい」

足利義昭の命令も無茶ではある。

「余の命を狙《ねろ》うたのが信長だということ、そして信長が余の下命に従《したご》うたという事実が必要なのだ」

政治的には正しいかもしれないが、現実的な命令ではない。信長がやったという証拠もなければ、信長がやってもいない暗殺計画を足利義昭に白状する義理もないし、そのうえ狙撃の実行犯をでっちあげて足利義昭に差し出すような手間をかけることによって、信長にもたらされる利益はどこにもない。

足利義昭は、光秀に、さらに非現実的な命令をくだした。

「こたびの狙撃は光秀の失策であるによって、光秀の自弁でなんとかせよ。無事、使命をはたしたならば、責は免じてやる」

戦国時代、合戦などでもっとも大きな比重を占めるのは、鉄砲などの装備費でも弾薬や弓矢などの合戦直接費でも、戦場で臨時に構築される陣地の建設費でもない。戦地へ向かうための旅費交通費と戦地近くでの滞在費である。

足利義昭が狙撃された事件の、警備の最高責任者は、もちろん朝倉義景であって、もっとも厳しく責められるべきは朝倉義景だ。

けれども足利義昭は朝倉義景を責められるか？　そんなことをすれば、足利義昭は今夜の飯の米さえ困ってしまう。

ようするに、誰かに責任を押しつけなければならない。けれども、足利義昭の直属の家臣はいずれも足利家代々につかえる名門で、うかつに首をとばすわけにもゆかない。新参で（といっても義昭直属の現場の者としては最年長ではあるが）、首にしても痛くもかゆくもなく、しかも美濃出身で信長との係累がありそうだ、という事情で、光秀が貧乏くじを引かされたわけだ。

やってられるかくそったれと腹の底で毒づきながら義昭の前からしりぞき、足利義昭居館を出ると、表で木下秀吉が待っていた。

「旅の銭の心配はせんでええです」

木下秀吉は小脇にかかえた銭束を光秀の手に、どさり、と置いた。束のまんなかあたりの銭がゆがんでいる。先刻、秀吉が撃たれたときに銃弾を防いだ銭束だ。

「このほかに、越前から北近江小谷、国境の国見峠、美濃赤坂、大垣にそれぞれ為替《かわせ》で用意しとります」

「なぜ――」

「朝倉義景に上洛の意思がないこと、足利義昭様が上洛したがっておられることが明智様のおかげで、ようわかったことのお礼です。遠慮しやーすな」

「私が知りたいのはそこじゃない。この銭の出所はどこか、ということだ」

木下秀吉は、戦国では驚異的な出世をとげている、といっても、しょせん賄《まかな》い方奉行に毛のはえた程度の身分で、武功らしい武功も立てていない。

「わし」

「そこまで高禄をはんでいるようには見えないが」

「合戦があるたび人が動く。人が動けば銭が動く」

「それだけではわからぬ」

「信長様は、近々、空前の大軍をひきつれて岐阜を発《た》ち上洛なされる。浅井備前守長政様と徳川三河守家康様にも召集がかけられ、合流のために準備がすすんどる」

北近江の覇者・浅井長政は織田信長の妹・市を正室に迎えた同盟者で、三河国主・徳川家康は信長の娘・五徳を嗣子・徳川（岡崎）信康の正室に迎えた同盟者である。

「で？」

「岐阜は『座』が廃止されて楽市楽座になっとる。誰でも好きなように店をだせて物が売れるということは、『座』にかわって場を仕切る者が要る、ちゅうことですがや」

なんのことはない。物流を支配していた『座』のかわりに秀吉がこっそりとってかわって売り上げのアガリをかすめとっていた、というわけだ。

「お前、なあ……」

「あらけにゃー（乱暴な）ことはやっとらせんです。店を出したい者は困りごとの心配せんでも安気《あんき》に出せる、物もよく売れて店もめでたい、場所を貸してる市場も実入りがあがる。わしの懐に入った銭は、こうやって信長様のお役に立てる。八方めでたしになっとるやないですか」

まあ、そんなわけで岐阜城下にいるわけである。

「浅井長政様からはおよそ九千、ただし本隊は美濃・近江国境で織田本隊を待たれるんで、国境・長比《たけくらべ》近在に宿を押さえ、徳川家康様からは三千。こちらはあと十日ほどで岐阜に入りゃーす」

三千といっても、短期出兵ではない。岐阜から上洛となったら、普通でも片道で三日から四日の距離である。

武者の数が三千であって、実際には草履取りや馬の口とりといった雑人、徒士《かち》武者というほどでもない槍足軽、それから彼らに武器弾薬を供給する商人や、娯楽を提供する博打場・女郎屋などは計算に入っていない。

「織田はいったい、どのぐらいの軍を上洛に振り向ける気だ？」

「六万」

げっ、と光秀は喉を鳴らした。かつて織田信長が桶狭間で今川義元と対決したとき、今川義元は空前の規模で織田と対決した。そのときの規模が二万である。

六万の大軍は、空前のさらにもうひとつ空前の規模といってよかった。

「そこで木下、お前もひと稼ぎする、と」

秀吉はこれらの大軍の食材と排泄物の処理を握っている、と言った。食材は選定した業者からの手数料で稼ぐことはもちろんである。また排泄物は優良な肥料でもある。無償であつめて近在の農家に売却すれば、かなりの収入になるのだ。

「足軽が落とした銭を、商売人やなくて諸将のもとにお返しする、と言うてくりゃーせ、人聞きの悪い」

「ひとつ、おおきな疑問がある」

「なんでしょうか」

「木下、おまえ、そこまで金策の才に恵まれているのなら、なにもわざわざ戦国武将になぞならずとも、商人として巨万の富と力を得られるんじゃないか？」

「わしは、戦国武将にしかなれん男なのや」

秀吉は即答した。

「戦国武将になるために生まれてきたのや！」

なんというか、木下秀吉はいろいろ屈折している。光秀自身も、そう素直な人生は送ってきてはいないが。

三　稲葉山

同日永禄十一年四月十八日（一五六八年五月一四日）岐阜金華山（稲葉山）山頂・信長櫓。

明智光秀が木下秀吉に案内されるままに岐阜金華山にのぼってみると、信長が櫓《やぐら》の欄干に手をかけ、身を乗り出して眼下をながめていた。小袖姿で、袴はつけていない。

「御屋形」

木下秀吉が平伏しながら信長につたえた。

「足利義昭様の直臣にして越前朝倉孫次郎（義景）の客分、明智十兵衛光秀様にございまする」

信長はそれにはこたえず、外をみおろしながら両腕を広げ、高くかかげて絶叫した。

「見渡すかぎり、俺のものだあああっ！」

山頂の櫓にのぼれば、西は伊吹山、南は晴れれば伊勢湾、東は木曽御岳と、信長の勢力圏が一望のもとにある。

以前、最後に光秀が信長のもとを訪れたのは、尾張北端の小牧山城だった。小牧山は小高い丘で、とても版図《はんと》を一望することはできなかった。

しかも、眼下の岐阜城下には、徳川家康と浅井長政からの先遣隊が入城している。六万という空前の大軍が一か所にあつまりつつあるのだ。

光秀は信長の背後から信長に声をかけた。

「信長殿の気持ちはよくわかるが、用があるによって、こちらに座《すわ》らっしゃい」

光秀は、幾度となく交渉で信長と会談して痛感したことがあった。

丁重な物言いでは、この男には通じない。


明智光秀は、信長が美濃を攻略する前、足利義昭と決裂する前、下交渉で尾張国小牧山城を何度も訪れ、信長と交渉している。そのこともあって、光秀は織田の内情にはそれなりに詳しい。

いま、信長は岐阜にうつった。

織田信長は暗殺予防のため、こまめに行方をくらまし、重臣や側近でさえ居場所がわからなくなることがしばしばある、という。

ただ、なぜかよくわからないが、光秀が岐阜を訪れるときは信長はいつもつかまった。この日は金華山山頂の櫓にいた。

もちろん足利義昭の直属の家臣とはいっても光秀の身分は名目上、足軽頭で、信長が雲の上の人物であることにはちがいない。木下秀吉が取り次いでくれることになって、「とりあえず山を登ろまい」となった。

岐阜金華山は山脈らしい山脈はなく、濃尾平野の北のはずれに、独立した形で、巨大な岩石の塊として立っている。たいした山ではない。ただ、森は深く、熊はいないが、鹿や猪、狸などは棲んでいて、しばしば翡翠《かわせみ》もみる。

かつて斎藤道三がいた当時は本格的な城郭があったが、昨年、信長が岐阜入りして以後、稲葉山城の造作のほとんどが破却された。武家屋敷等は山麓にあらたにつくられ、山頂には物見櫓だけが残された。信長はひとりで供もつけずにそこで起居している。

山頂まで徒歩で半刻（およそ一時間）ほど。登山道じたい数本あり、信長がどの道を通るのかは、そのときの信長しかわからない。

織田信長が興奮して舞い上がる気持ちは光秀にはよくわかる。

織田信長は三十五歳。十八歳で家督を相続し、二十五歳で尾張を統一するまで七年かけた（父親の織田信秀は、尾張支配を終える前に三河や美濃に攻め入っていた）。そして昨年永禄十年（一五六七年）三十四歳のとき、美濃を手にいれた。弘治二年（一五五六年）、斎藤道三が実子・斎藤義龍と戦ったとき、道三の支援のために美濃に攻めいったのを勘定にいれると、信長は美濃攻略に十一年をかけている。

とにかく織田信長は美濃とは合戦での相性が悪い。斎藤義龍が急逝したとき出兵するも敗退。西美濃墨俣に砦を築くものの維持できず撤退。西美濃森部に攻め入って小競り合いで戦勝するも敗退。美濃十四条で合戦して敗退。西軽海に出兵して敗退。東美濃加治田城をとるも維持できず放棄して撤退。

明智光秀が美濃・斎藤龍興と織田信長の和睦をするために南近江矢島と尾張清洲と美濃稲

葉山城を駆け回り、やっとこさ和睦をまとめあげたところで、織田信長が一方的に和睦を破棄して美濃に攻め込み、このときも信長は大敗北した。

結局、稲葉良通《よしみち》らの西美濃三人衆が尾張につくことで美濃の大勢は織田支持にまわった。

斎藤龍興を追放することで信長は美濃を手にした。

織田信長は、合戦ではなく、政治で勝利をおさめたのだ。


信長は光秀の側に振り向くなり、高らかに笑いながら言い放った。

「足利将軍なぞ、糞したあとの尻ふく反故《ほご》の役にも立たぬわ！」

まあ、実際のところ、西美濃三人衆の調略には足利義昭はかかわっていない。

「俺は自力で美濃を勝ち取った！」

征夷大将軍の後継者とみられる足利義昭の和睦を無断で破棄するようなことをしたのだ。

誰からもまともに相手にしてもらえなければ、織田が自力でなんとかするしかあるまい。

「足利の力なぞ、この、織田信長には要らぬわ！」

とはいえ、ここで光秀が信長の裏切りをあれこれ蒸し返しても意味はない。

「弾正忠（信長）殿が素晴らしい御仁《ごじん》であるのはわかった」

光秀の、ああ織田信長はめんどくさい男だ、という口調に、木下秀吉があわてて話をつないだ。

「御屋形、それよりも、足利の直臣たる明智様が何をしに来やーしたのか、聞きたいとは思やーせんのですか」

「思わぬ！」

――いちいち怒鳴らないと何も言えないのか、この男は――

もともと人間の言葉を理解する様子がなく、意思の疎通が困難な男である。これでよく尾張や美濃のような大国を手に入れられた、といいたいところだが、織田は他の戦国大名にくらべて、きわめて謀反や家中の騒乱の多い所帯ではある。

「とりあえず、私の前に座って、私の話を聞かれませい」

「ふむ」

信長は小袖の尻を端折《はしょ》って光秀の前に座った。三十男が人前でする姿ではない。賢そうに見えない――というか、むしろいまだに阿呆にしか見えないところが、この男の人望のなさの理由といえるか。

「何をしにきた」

「二つのことをお伝え申しに参り候。第一、貴殿に――織田弾正忠信長殿に『足利義昭公を狙撃もうした段、お許しいただきたい』と義昭公への詫び状を出させること。第二、その下手人の首をはねて引き渡すこと」

遠回しに話しても信長には通じない。

光秀が一気に言いきると、一拍の間があった。木下秀吉は顔をこわばらせ、信長は露骨に驚愕の表情をみせた。

そして織田信長は腹をかかえ、涙を流して爆笑した。

「あ……明智、其方《そのほう》、俺が、やったこともない罪を、謝る必要もない相手に、ごめんなさいお許しくださいと頭をさげると思うのか」

「ぜんぜん」

信長がそんなことを、承知するわけがない。

「たとえ信長殿が本当にそんな詫び状を書いて下手人を差し出したとしても、そもそも義昭公は貴殿をまったく信用しておられない」

「だったら俺にどうしろと」

「『出せ』とは申しておりませぬ。『お伝え』しに参っただけ」

明智光秀のこたえに、信長は首をかしげた。

「つまり?」

「信長殿の詫び状は私が勝手に書いて義昭公に渡します。以前、美濃と尾張の和睦の際に信長殿の書状はみており、花押の偽造もたやすくできる」

「下手人の首はどうする?」

「死体はそこらの寺で新しい死体を掘り出して首をはねて持ち帰りまする。男だったら誰でもいい。首だけの死体に鉄砲の腕前は書いてない」

光秀のこたえに、秀吉は、

「ひ」

と喉を鳴らし、信長はのけぞってまた爆笑した。

文書の偽造を、実行する前から、偽造する本人に伝えるのは、そうあることではない。

「なんで俺に話したんだ？」

「まず第一。火のないところにも煙は立つ。ただ、どうせ煙が立つのなら、あとからでも自分で火をつけたほうが、納得はいきますわな」

「どうせ足利義昭のことをなんとも思っていないのなら、屁をふさぐ役にもたたない詫び状を、偽造されるよりは俺が自分で書いたほうが、目が行き届くだけまし、と？」

「御意」

「『第二』というからには、ほかにも理由があるのだな？」

「かぶき者で名高い織田信長の文書を偽造するのだから、こっそりやるより、本人に伝えたらどんな顔をするか、見てみたかったので」

明智光秀のこたえに、木下秀吉が頭をかかえて黙った。

信長はというと、むき出しの左の膝をぽりぽりと音を立ててかきむしり、すこし考えて、そして言った。

「明智、其方、自分が根本的に人としておかしいことに気づいているか」

光秀は自分の胸元を指さした。

「あと二十年、貴殿が生き延びれば私のようになる。生きるのは辛いが、いろいろ悟れば面白いこともあり申す」

四　買いかぶり

「なあ、明智光秀」

織田信長は身を乗り出して、光秀に言った。

「いっそ、足利義昭を見捨てて俺のところに来ぬか」

「思いつきで言っておられますな」

「わかるか」

「信長殿は、若いころの自分をみるようですからな」

「光秀をみていると、死んだ親父を思い出す」

「それは、褒めていただいているのかな？」

「もちろん」

信長の父、織田信秀は、逸話の多い人物である。敵城に単身遊びにでかけ、酒宴となって敵を酔い潰したところで味方を引き入れて城を乗っ取ったことがある。今川義元と三河岡崎城を競り合っていたとき、三河岡崎城主・松平広忠の息子・松平竹千代（後年の徳川家康）を誘拐し、「息子の命が惜しければ織田の味方になれ」と松平広忠を脅したこともある。

織田信秀は光秀とは五歳しかちがわない。ただし天命にめぐまれず、四十をこえたところで急死した。

信長は信秀の次男である。信長の奇行と暗愚の噂は、光秀が美濃・明智庄にいた当時から知られていたが、信秀は信長を廃するどころか、嗣子として高く買った。信秀が信長をどう扱ったかは、光秀は知らない。

「買いかぶりすぎですな。私は信長殿の父君にくらべてはるかに小物だ。それに――」

信長になつかれているらしい、ということはわかった。

ただ、光秀は自分の性格に、おおきく欠点があることも自覚はしている。

「――言いたいことを言いたい放題に言う性格は、この年になったら、もう治らない」

光秀は、文学に秀で書の道を熟知し、剣術槍術鉄砲術とあらゆる武芸に長じているという自負はある。

けれども深謀と遠慮と金運の三つの才能だけは絶望的になかった。対人関係でいつもしくじる。

明智光秀が足利将軍家の直属の家臣でいられるのは、いろいろ小器用にできる割に、ただ同然で雇える（実際、光秀の収入は足利将軍家から出たことはないわけだが）からにすぎない。足利義昭が光秀と話すとき、しばしば眉をひそめ、顔をしかめることを光秀は知っている。

「それに――」

「それに？」

「明日、織田が持ちこたえているかどうかも危うい」

「いかにも」

織田信長は大笑した。

織田信長はとにかく人望がない。信長ほど重臣に謀反をされまくっている戦国大名もめずらしい。

通常は謀反が発覚すれば死が待っているものだが、信長は謀反人でも能力があれば許した。この時期の信長の重臣たちには、多くの謀反経験者がいた。

信長の異母兄・津田信広、家臣筆頭の林秀貞や柴田勝家、馬廻衆の佐々成政など、明確に信長に謀反をくわだてた者もいる。

それだけではない。信長はほとんどの家臣に見放されたことがある。

桶狭間の合戦の際、信長は尾張一国をほぼ掌握していた。尾張は富国である。一国でも今川義元の駿河遠江三河の三国に匹敵する資金力があった。今川が大軍だといっても、信長側は二万でも四万でも、動員が可能だった。

けれども今川義元と対決するとなったとき、信長はほとんどの家臣から見放され、わずか二千の将兵だけで戦いを強いられた。

信長が、美濃との戦いで、合戦に敗北しつづけたのは、決して偶然ではない。

信長の、人望のなさである。

「まあ、それ以上に、光秀をどこに置くか、って難儀があるわな」

織田信長は腕を組んだ。

「みての通り、織田は尾張清洲の土豪ではなく、六万の大軍を動かせる大所帯となった。手ぶらの素牢人《すろうにん》を新参で入れる余地がない」

「私が貴殿の申し出を断ることを念頭に置いてませんよ」

「あと、織田の家中は全体に若い。現役で光秀と同世代で合戦に出ているのは美濃衆の稲葉伊予守良通ぐらいだ。いくら足利将軍家の直臣の経験があるといっても、いきなり西美濃三人衆の長老と同じ待遇にするわけにもゆかぬ。さりとて、草履とりから始めるには年を食い過ぎている」

光秀が、「少しは人の話を聞け」とたしなめようとしたが、木下秀吉が、

——黙ったほうがええです——

目で制した。信長は思いつきではなく、本気で光秀を召しかかえる方策を探しているらしい。

光秀はもちろん信長の家臣になるつもりはまったくないが、この種の何を考えているのかわからないたぐいの人間は、うかつに触るとどう反応するか予測が不能である。

「人事は難しい。ひとつ間違うと、また謀反を起こされる」

信長の言葉に、光秀は意表を突かれて思わず口をついて、

「信長殿でも謀反を気になさることがあるのですか」

「言いたい放題言う奴だなあ」

信長は苦笑した。

「たしかに謀反は慣れるし鈍くはなるが」

「謀反に『慣れる』のも『鈍くなる』のも、ふつうはあまりございませんな」

何度も家臣に謀反を起こされるような主君は、そもそも主君に向いていない。一度や二度の謀反はあっても、そこから学ぶのがふつうの主君である。たいていは政事をあらためるか、あらためなければ殺されるか失脚して放逐されるかのどれかだ。

「秀吉を雑人から引き上げるのに、かなり無理をしておる」

それだけではない。美濃の土豪出身の森可成や、甲賀出身で身元不明の滝川一益など、信長の代になってからあらためて召し抱えて重用している人物も多い。

五　熙子《ひろこ》

永禄十一年四月二十一日（一五六八年五月一七日）朝。越前国金ケ崎城下明智光秀邸。

光秀は前夜、北近江・小谷城下に宿をとり、陽がのぼる前に金ケ崎城下の自宅に帰宅した。人に見られないようにするためである。

信長の詫び状は持っていない。自分で作ればいいからである。もちろん首桶もない。戦国時代である。身元不明の首が欲しければ、ちょっと足を延ばせば、どこにでも埋まっている。

「いま帰った」

光秀は奥に声をかけ、厨房のあがりかまちに、土埃をはらいながら腰をかけた。足桶に水を張って汚れを洗い落とす。本来ならこれは雑人の仕事だが、光秀は銭金を稼ぐ才能はまったくない。ために「自分でできる身の回りのことは自分でやる」という習慣がついている。

足腰にはまだ疲れは出ていない。光秀の場合、老いは頭髪に出る体質らしい。月代《さかやき》は合戦時にだけ蒸れ防ぎのために剃りあげるのが通例なのだが、光秀はとっくに頭頂部の髪は抜け落ちた。残った髪も量がすくなく、茶筅髷《まげ》どころか細身の面相筆のようなものが申し訳程度に後頭部に張り付いている。

「おかえりなさいませ」

奥から光秀の正室・熙子が姿をあらわした。うしろから光秀の両肩に手をかけ、背に頰をもたせかけた。

「うれしい」

「大袈裟な。いくさ場に行ったわけでもあるまいに」

「足利義昭公のところよりも、まずわたしのところに来てくれたのがうれしい」

熙子は、うつくしい。

光秀の正室・熙子は光秀より十四歳年下で今年三十九歳。東美濃の豪族・妻木氏の娘になる。

光秀は十代のころ、美濃土岐源氏の者として将来を嘱望された身だった。泉州堺に留学し、堺で明《みん》（中国）から輸入された鉄砲術を学んだ。まだ種子島に南蛮人が漂着して伝来する前のことである。また、最新鋭の技術である算盤をまなんだ。算盤による開方開立《かいほうかいりゅう》（平方根・立方根を求める計算）は、農地面積の算出と徴収した租税の算出に不可欠な技能だ。光秀の人生は順風満帆にすすむはずだった。

ところが斎藤道三が主君・土岐頼芸《よりなり》を追放したところから、土岐氏と係累が深い明智は斎藤道三から遠ざけられた。光秀は明智庄に呼び戻され、たいした役も与えられず、閑居を強いられた。

光秀が煕子をめとったのは、もちろん政治的な理由などなにもない。明智庄と妻木氏はほぼ隣りあわせで、年も三十と十六と、戦国時代の夫婦としてはまず釣り合ったからである。婚約がきまったとき煕子は疱瘡（天然痘）にかかった。命はとりとめたものの、顔に疱瘡の痕が残った。妻木氏からは「傷物となったので妹を」と申し出があったが、「これも縁なので」と断り、煕子をめとった。

弘治二年（一五五六年）四月、斎藤道三が嫡男・斎藤義龍と不和となり、長良川で合戦となった。

斎藤道三は人望がなく、道三につく者はいなかった。博打は危険が大きいほど得られるものも大きい。

明智光秀は斎藤道三にしたがって長良川の合戦に参戦した。だが、斎藤道三は敗北。これにより光秀は煕子とともに京都に脱出した。

光秀が京都市中で賭場の用心棒や寺社の警備などで食いつないでいるとき、京都の稲荷に出没する灯油泥棒をとりおさえた。

ところがこれが十三代将軍足利義輝の直属の家臣・細川藤孝だった。

光秀は細川藤孝の泥棒行為を見逃すかわりに足利将軍家に仕官がかなった。もちろん無給ではあったが「将軍家の武芸指南」という名目はたいしたもので、日銭稼ぎの仕事は、賭場の用心棒から牢人相手の鉄砲術指南や武芸の指南となった――収入としてはたいした変化がないが。

しかし永禄八年（一五六五年）光秀が出張で京都を留守にしている隙をねらって、三好三人衆らが十三代将軍足利義輝を暗殺した。

このため光秀はふたたび牢人となった。

明智光秀は細川藤孝らとともに一乗院にいた足利義昭（当時は出家していて覚慶）を救出した。次に暗殺されるとすれば義昭だからである。

光秀らは足利義昭の護衛をしながら流浪を続けた。近江甲賀、近江矢島、若狭と、ゆく先々で命を狙われ、永禄九年（一五六六年）、越前・朝倉義景がようやく足利義昭の身柄を引き受けてくれることになり、越前金ケ崎に入った。

光秀らの俸禄は、朝倉義景が肩代わりしてくれることになり、光秀はほぼ十年の牢人生活から脱出した。

京都での光秀の家計は、熙子が支えていた。光秀の牢人中には、髪を売って米を買ったこともあった。

熙子は幸い、読み書きにたくみで、しかも光秀が義昭の直属の家臣となってからは「将軍家の武芸指南の奥方」という肩書もある。京都市中の商人の子女を相手に『庭訓往来』などの教授をしてどうにか食いつないだ。

熙子との間には娘が二人。こうした経済事情のために生まれたのは遅い。次女・玉子（後年の細川ガラシャ）が生まれたのは、熙子が三十四歳のとき。

ただし光秀は、また牢人して生活が困窮する可能性があることは、伝えていない。

――どう切り出すか――

明智光秀は、振り返った。

「熙子」

「はい」

「そなたはうつくしい」

熙子は、まばたきもせずにこたえた。

「殿、わたしはいつも美しい」

自分で言い切る女もめずらしい。熙子は、そういう女である。

「わたしの美しさに殿が気がつくのは、殿が自分に迷って目が泳いでいるときばかりです」

さすがに、つきあいが古いといろいろわかる。

「で、殿は何を迷っておられるのですか」

「朝倉にとどまるべきか、織田にうつるべきか」

「殿は自覚しておられないようなので、いちおう申し上げておきますが」

熙子は、まばたきをしないで続けた。

「とりあえず殿は戦国武将として成功しておられます」

「次々と追い抜かれてばかりだ」

今川義元は四歳年下。武田信玄は六歳年下で、上杉謙信（当時は輝虎）にいたっては十五歳も若い。

かれらは、ある日突然あらわれて周囲をなぎ倒し、生きている間に伝説をつくりあげた。今川義元は事故のような戦死で消え去ったが、伝説の武将であることにはちがいない。

「時代を変える者というのは、こつこつ芽吹くものではなく、空から降ってくるものだ」

「身ひとつの牢人から、足利家の直臣となられて重用されるまでになっておられます」

熙子は、一拍の間をおいてたずねた。

「このうえ殿は何をなさりたいのですか」

「そなたや娘たちに、ゆっくり飯をくわせたい」

朝倉義景からくだされる俸給は、決して十分とはいえない。足利義昭の諸国への命令の下調査などで、光秀は出張が多い。その費用で消えてしまう。

熙子は、朝倉家の子女に読み書きを教えることで口に糊《のり》してしのいでいた。

光秀の金銭を稼ぐ才能のなさは、たいしてかわらない。

「衣食住はどうとでもなっています。これからもどうとでもなるでしょう」

熙子は続けた。

「殿は、本当はどうなりたいのですか」

「一発当てたい」

「殿はじゅうぶん『当てて』おられるのに、ですか」

「まだ足りない」

「朝倉にとどまっていると、また牢人生活になるから、ですね」

光秀は、すこし驚いた。熙子には、光秀が選択を迫られていたことを、まだ話していない。

「なぜわかった」

「顔が晴々としているから」

ずいぶんな言われようではある。

光秀は熙子にこれまでのいきさつを話した。朝倉義景に上洛の意志がないこと、そのことで足利義昭は「元将軍の弟」という形で牢人生活が確定したこと、織田信長に「来ないか」と誘われたこと、などなど。足利義昭が何者かに狙撃され、光秀が盾となって防いだ話は、熙子が心配するので伏せたが。

「その流れですと、殿は織田に行く以外に選びようがなさそうですが」

熙子は小首をかしげた。

「信長様の若さが気に入らないのですか？」

「自分の息子のような主人に仕えるのは慣れている」

足利義昭は三十二歳。朝倉義景は老成した印象があるし、戦国時代では孫がいてもおかしくない男盛りだがそれでも三十六歳の若さである。気がつけば周囲はすべて若者ばかりになった——三十男は「若者」ではないが。

「ただ、織田は異様に謀反が多い。仕官替えができても不安定すぎる」

「安定はほしいけれど、大当たりもほしい、と」

熙子にあらためて指摘されると、虫のよい話ではある。

光秀はおぼえず苦笑した。

「まあ、そうだ」

熙子は光秀をとがめず、さらに続けた。

「信長様と気が合わなそうですか」

「いいや。噂以上の変人だが、面白い男だ。あのぐらいのほうがうまくいく。信長も私を気に入ってくれた」

「それは珍しい」

光秀もいいたい放題に口にするほうだが、熙子も物をいうのにためらわない。

「仕官先であなたの居心地がいいことが、わたしには二番目に幸福なことです」

「一番目は？」

「いくさ場での殺し合いなどやめて、家にいてくれることです」

「また牢人して苦労させるわけにはゆかぬ」

「わたしや娘たちを、殿が好きに生きるための言い訳に使わないでください」

「別に、好きに生きるわけでは——」

「あなたは気づいていない。家にいて、娘たちに手習いや和歌を教えているときの、あなたが一番すばらしい」

——どうこたえたらいいのだろう——

仕事に夢中で家庭をかえりみない、という年ではない。たしかに娘はいとおしいが、生きている以上、食ってゆかねばならないし、この年になってしまうと、本当に他にできることがない。

「私の人生の、選択肢が減っていることがわかっているか」

「『一発当てたい』『安定がほしい』『妻子と一緒に家庭でゆっくりしたい』『合戦場で血湧き肉躍る生活がしたい』。殿の選択肢は、矛盾が多うございます」

「責められてもしかたないが」

「いいえ。責めているのではありません」

熙子は背筋をのばし、光秀の目を見据えた。

「人生の選択は、何かを捨てて何かを得るのではありません。どれかを選ぶ必要があるなら、とるべき道はひとつ」

「とは？」

「すべてとりなさい」

六　決断

永禄十一年四月二十六日（一五六八年五月二十二日）越前一乗谷城、足利義昭居館。

足利義昭と重臣たちの前で明智光秀は平伏し、光秀のさらに下座で、木下秀吉が床に額をこすりつけて言った。

「織田は昨日、米三万八千俵を近江国・今浜湊に積み終えとります。琵琶湖の湖上は浅井水軍が押さえとりゃーすんで、湖南の陸路さえ押さえれば、兵糧の難儀はあらせんのです」

義昭は小首をかしげながらたずねた。

「光秀、米を運ぶのが、さように大層なことか」

「御意。信長の上洛の本気の程度をしめすものに候」

この大量の米穀の搬送が何を意味しているのか。

織田信長は、本気で、独力で、略奪なしで上洛することを示しているのだ。

大軍の運用には、兵員の食料などの補給物流経路の確保は必須である。万単位の大軍の運用が困難ないちばんの理由は、前線への補給方法が限られていることにあった。

成人が一人一年間に消費する米は一石（一〇斗・約一八〇リットル）。

成人六万人が三ヶ月に必要な米の量はおよそ一万五千石。一俵を四斗で計算すると、三万七千五百俵が必要になる。

馬一頭で米二俵（約一二〇キログラム）を運ぶと、一万八千七百五十頭の馬が必要とされる計算になる。馬は、物流手段としては弱い。水運を決する者が物流を決し、物流を決する者が大軍の運用を決するのである。

秀吉が身を乗り出した。

「北近江の浅井長政は、信長とは同盟をむすび、姻戚関係でいりゃーす（信長の妹・市が、浅井長政の正室）。岐阜から今浜湊まで陸路で兵糧を運べば、今浜からは水軍で一気に京まで兵糧がはこべますのや」

明智光秀は首をかしげながらたずねた。

「つまり？」

「織田が上洛したら、一瞬で三好三人衆を蹴散らすことができますのや！　しかも京童《きょうわらべ》（京都市中の者）に諸手をあげて歓迎されながら！」

「京のまちびとが、なぜ信長殿を歓迎すると断言できるのだ」

「御屋形は以前上洛したとき――」

織田信長は九年前の永禄二年（一五五九年）、尾張国を統一して間がない時期に、少数の者を連れて京都を訪問したことがある。

「――京の者たちが、いまだに木曽義仲の無法を嫌っているのを、痛感しりゃーした」

源平の時代、木曽義仲が平家を討って京都入りしたのは寿永二年（一一八三年）。木曽義仲軍は京都市中で軍事物資の現地調達、すなわち略奪をしたために京都市民から蛇蝎のごとく嫌われた。忘れられがちであるが、源義経が戦ったのは、平家ではなく、同じ源氏の一族である木曽義仲である。

戦国時代から数えても四百年ちかく前のことである。京の市民から嫌われることがどれほど高くつくか。

「それで？」

「御屋形が去年、美濃を手にいれたとき、尾張小牧に居座らず、すぐさま国都を美濃国・岐阜に移しゃーした。美濃衆は織田を受け入れやーしたのや」

「つまり？」

「占地から銭金をまきあげるより、占地に銭金を落とすほうが、早くて実入りがいい、ちゅうことを御屋形は学んどりゃーす」

木下秀吉は、足利義昭と重臣たちと明智光秀を交互にみて、そしてあらためてゆっくりと口をひらいた。

「つまり御屋形は、義昭公がいてもいなくても、楽々と上洛しゃーすのや」

秀吉の、あからさまな物言いに、細川藤孝らの重臣は顔色をかえ、「無礼者！」と怒鳴りはじめた。

「無礼なのは信長であって、木下をせめてもしかたないでしょうが」

光秀はたしなめた。もちろん、細川藤孝も一色藤長も、そして足利義昭も、いずれも光秀の息子ほどの世代であって、それなりに光秀の言うことに耳を貸す。けれども彼らは格では光秀よりもはるかに上になる。光秀の窘《たしな》めに、露骨に舌を打った。

——また、辞めさせられるのか——

そこらへんのところは、憂いだすときりがない。いつものことではある。

光秀は、足利義昭をみすえた。

「それで、いかがなさいますか」

「はらわたは、煮えくりかえっては、おる」

それはそうだろう。義昭の狙撃犯はいまだ判明しておらず、信長が臭いといっても証拠どころか言質もとっていない。美濃との和睦を一方的に破棄して義昭の面目を全力で踏み潰し、それが原因で義昭は近江矢島から逃げ出さなければならなかった。にもかかわらず、信長は詫びのひとことも言ってこない。

しかも今度は、足利義昭抜きで、本気で上洛する、というのだ。

「まったくもって織田信長という男は、人に期待をさせておきながら梯子を外すとは……」

「人として最低、ですか」

「戦国武将として最高だ」

「……ですか」

「信長を、選ぶ」

義昭の言葉に、細川藤孝らの重臣は互いに顔をみあわせ、そして光秀をみた。「反論はお前がしろ」ということだ。

「信長は『要らない』と申しております。あえて押しかけても、義昭様の価値がさがるだけではありますまいか」

「織田の者よ」

足利義昭は秀吉の名を呼ばない。雑人あがりの木下秀吉の名を口にするのが、嫌らしい。

「余が信長に身を寄せて、危害を加えられることはありえるか」

「それは無《に》ゃーとは思いますが……」

「いてもいなくても構わない者を、いちいち殺すほど信長は暇ではない、ということに候」

「殺されなければ、余はそれでよい。生きているなら、あとはなんとかなる。伊達に何度も死の手をくぐり抜けてきたわけではない」

といわれると、光秀には返す言葉はない。

「味方は空から降ってこない。天を仰いで雨が降らぬと嘆くより、指を血まみれにして地を掘り土を耕し種をまいて雨を待つほうが芽吹く」

足利義昭は、興福寺を脱出して以降、あらゆるところに援兵要請の手紙を出している。甲斐国武田信玄や相模国北条氏政、肥後国相良義陽あたりは「遠国ゆえ出兵かなわず」と返事をしてくるだけ、ましなほうであった。薩摩国島津義久や朝鮮王・李氏にまで書を託している。ほとんどが見向きもされない。

まともに話を聞いてくれたのは、織田信長と上杉謙信と朝倉義景の三人だけ、なのだ。

「余をわらいたければわらえ。侮る者には侮らせればよい。何もしない者ほどよく嗤う。よいか、余は生きて征夷大将軍になる」

「お見事でいりゃーす！」

光秀の脇で、木下秀吉が、感に堪えない様子で平伏した。

まあ、たしかに「なりふり構わず自分の目標に突進する」という精神構造では、木下秀吉と共通するところはなくはないが。ただし、重要な問題がある。

「されば光秀、信長に余を迎えさせる旨、命じるように」

足利義昭は、織田信長に断られることを、まったく計算にいれていないことである。

七　説得

永禄十一年五月一日（一五六八年五月二七日）美濃国岐阜・金華山山頂。信長櫓。

織田信長は櫓の欄干に尻を置き、下帯ひとつで漆塗りの岐阜うちわで小姓に扇《あお》がせながら、

「ようやく義昭を見捨てて俺のところに来る気になったか」

微妙に嬉しそうな表情で言った。横に小姓がいるというのに、不用心な男である。

光秀の隣で、木下秀吉が複雑な気配をしめしているのがわかった。秀吉はもと信長の雑人で、拾われるように、というか、押しかけるようにして信長のもとについた。請われて織田にきたわけではない。光秀は秀吉の雑人時代を知らないが、それでも秀吉といっしょにいる

と、織田の周囲のひややかというか、孤立した雰囲気は感じる。信長が光秀をしきりに織田に誘うのを、秀吉はどう感じているか、想像にかたくない。光秀は秀吉の父親よりもたぶん年長のはずだが、それでも、だ。

「否」

信長には婉曲な物言いでは伝わらない。

「『義昭様を担がないと、信長殿を痛い目に遭わせるぞ』と脅しにきました」

木下秀吉と、うちわであおぐ小姓が、同時に、ひっ、と喉を鳴らした。

あいかわらず傾《かぶ》いた爺だ、と、織田信長は大笑した。

「うぬぼれるな」

信長は笑いながら続けた。

「たしかに光秀はほしい。だが足利義昭は要らない。足利将軍をあわせて買うほどには光秀は高くはない」

信長はつづけた。

「で、光秀は、どうしたい」

「すべてが欲《ほ》しゅうございます」

「ほう」

「戦国武将として一発当て、名をあげ、生活が安定し、妻子とともにゆっくりしたい」

「ずうずうしいにも程度ってものがあるがや！」

「猿、お前がいうな」

信長は苦笑しながら木下秀吉をたしなめた。

光秀はかまわずつづけた。

「もし織田が義昭様を担いで上洛すれば、私は将軍直属の家臣になれる。織田が足利将軍の後見となれば、織田の資金力と経済力は朝倉とは桁が違う」

「光秀は、自分の都合ばかりいう奴ヤナ」

「何より私は信長殿と気が合いそうでござる」

「それは俺も認める」

「問題は——私が織田を選んだとして、この年ではたして合戦で前線に出られるのか、自分の出番があるのだろうか、といったところに候」

「俺もたいがい人の話をきかないほうだが、光秀はその年になるまで、そうも相手の話を聞かず自分の都合だけならべたてるような性格で、よく生きてこられたものだ」

「ゆえにこの年まで牢人で、食うに事欠いておりまする」

「さもあらね」

信長は爆笑した。たいていの武将は、光秀がここまで言うと激怒するか顔をしかめるかする。足利義昭が光秀を我慢して使っているのは、早い話が一銭も俸給を払わずに便利に使える以外の理由はない。

「とはいえ、欲しい欲しいと駄々をこねても何も変わらぬ」

「信長殿は、以前、義昭様が何者かに鉄砲で狙撃めされた一件につき下手人が露見したのをご存知でありましょうや」

光秀が「犯人も証拠も捏造してみせる」といった、あの事件である。

「誰がやった?」

「足利義昭様の命を狙ったのは、織田信長、貴殿だ」

うちわをあおぐ小姓の手が止まり、木下秀吉が横で絶句するのがわかった。

「手妻（手品）のタネは前もって明かすな。驚きが減る」

織田信長は、涼しい顔をして続けた。

「俺に濡れ衣を着せて脅迫しようという、光秀の度胸は買ってやろう」

織田信長は麻布を手桶の水にひたし、かるく絞って自分で青い月代《さかやき》の汗をぬぐいながら続けた。

「ただ、俺がここで光秀の首をはね、足利義昭のもとに送り返せば、いちばん面倒もなくて安くすむのがわかっているか」

「重々承知。私が越前の足利義昭様のもとに帰らなければどうなるか、おためしになってみますか」

もちろん、光秀が信長に処刑された場合、でっちあげた信長の謝罪文と首桶に塩漬けにした正体不明の男の首が、足利義昭のもとに届けられるよう、手配はしてある。

信長は、すこし首をかしげた。

「潔白はどうでもよいが、重ねて申しておくと、俺は何もやっていない」

「足利義昭様の命が狙われたのは確かでございます。ただし犯人はいまだに不明。誰がやったのかがわからないということは、誰がやったことにしてもいい理屈でございまする」

「だから俺がやったことにしよう、と」

「御意。信長殿が潔白を天下に知らしめるのに、もっともよい方策は、信長殿が足利義昭様を奉じて上洛することにございます。それなら誰も信長殿のことを疑わない」

「光秀」

「はい」

「そのほう、『盗人たけだけしい』って言葉を存じておるか」

「隣の家に押し込めば盗人ですが、隣の国に押し込めば大名と呼ばれ、将軍の権威を盗めば天下人と呼ばれまする」

「うまいことをいう」

「信長殿が、足利義昭様を担いで上洛して得られる利益と、足利義昭様を無視して疑われたまま上洛したことで招く不利益を、天秤にかけて比べませせよ」

信長は、利だけでなく情でも動く。そして情で動く者ほど利の有無には弱い。

「足利義昭様が望んでおられるのは、『征夷大将軍』の名前と地位にございます。そして、征夷大将軍の名前と地位が何の役にも立たないし、信長殿の邪魔にならないことについては、信長殿ご自身が誰よりもご承知のはず」

「かつて、美濃斎藤との和睦の無断破棄のとき、全力で信長殿ご自身が義昭様の面目を踏みにじっても、何も変わっておりませぬし」

「まあ、そうだ」

こういう、言わなくてもいい一言を言うから、光秀は苦労するのである。

「そして、足利義昭様を無視して疑われたまま上洛したことで起こる不利益、とは、京の町人からの不評判と不支持にございます。四百年昔の木曽義仲を、京の者は忘れたことはありませぬ」

「俺も忘れてはおらぬ」

「信長殿が先年上洛された際にご覧になったとおり、京都はあいつぐ戦乱で焼きつくされております。上京《かみぎょう》の一部と下京《しもぎょう》の一部を残すだけで、麦畑ばかりの荒れ野ばかり。町並みをみれば、いまの京より岐阜のほうがよほど大きい」

「──だわな」

「京の町びとが最ももとめているのは何か、おわかりになりましょうか」

「何だ」

「平和と秩序、権威と規律」

それは金では買えない、と光秀は続けた。

八　立政寺《りゅうしょうじ》

永禄十一年七月二十五日（一五六八年八月一八日）、美濃国岐阜郊外西庄・立政寺の門前。

牢人足利義昭と、美濃・尾張国主・織田弾正忠信長の会談の場である。

ちなみに、織田信長と足利義昭は、あれだけいろいろあったにもかかわらず、これが初対面であった。

――といっても、足利義昭は越前国主・朝倉義景を見捨てて美濃に来たのだ。対等な会談というよりも、足利義昭が織田信長に泣きつきにきたというほうが正確ではある。

岐阜は、暑い。京都の夏も蒸し暑いが、岐阜は長良川の際だというのに風は吹かず、しかも日差しが刺す。髷をひっつめているので頭を掻くわけにもゆかず、笄《こうがい》の尻で頭皮をつつきながら月代に浮かぶ汗を拭く。

そんな光秀のところに、

「いよいよだがや」

木下秀吉は耳まで赤く染めて光秀のそばに寄ってきた。

秀吉が信長の雑人をやっていたのは、ほんの二、三年で、遠い昔のはずなのだが、いまだに直垂《ひたたれ》の正装が似合わない。

「やっとここまで持ってきたがや」

秀吉はよほど緊張しているのだろう。この暑さだというのに、汗が浮かんでいない。

足利義昭が越前・朝倉義景とわかれて信長を選ぶ決断を下したのが永禄十一年（一五六八年）五月。義昭が身辺整理をすませて越前を発ったのが七月十三日。七月十六日に北近江・小谷城で浅井長政の饗応を受け、翌日七月十七日に小谷城を発った。

だが織田信長は、突然、準備不足を理由に義昭の受け入れを保留した。

足利義昭は、保護する者が誰もいない状態にさらされた。幸い、真夏でもあり、雪のない国見峠路をとり、警護の容易な鉈《なた》ケ《が》岩屋《いわや》という洞窟で十日ちかく待機を強いられたのだった。

――よく義昭は暗殺されずにここまでしのいだ――

というのが、光秀と秀吉の実感ではある。

しかし。

「舞い上がるな」

明智光秀と木下秀吉とでは、この会談の成否への意気込みがまるでちがう。

秀吉は会談が失敗しても生活はかわらない。

しかし、光秀は、この会談が失敗すれば、すべてを失うのだ。

光秀の俸禄は朝倉義景が肩代わりして払ってくれていたのだ。足利義昭が朝倉義景を見限ったために、光秀は無収入となった。

光秀は、主君・足利義昭が越前国・朝倉義景から織田信長へと鞍替えを決めた時点で、妻と子を京都へ脱出させた。光秀は格のうえでは足軽頭相当にすぎない。主君に妻子を人質として出さなければならないほどの身分ではなかった。自由と安定の両方につかえるのは難しく、神と富の両方につかえることはできない。

「結局のところ」

説教臭くなるからいかん、とは思いつつも、言わずにはいられない。

「われわれにとっては、風神と雷神を会わせるようなもので、どうなるかは本当に会わせてみないとわからないし、その影響はでかい。木下は、われらのやっていることを理解しているのか」

「なあ明智様、わしもしくじれば、すべてをなくすことを、わかっていりゃーすか。わしが下賤の出だというのは知られとる。織田を追い出されたら、行き場はあらせん」

「すべてをなくすわけではない。私が欲しくても手がでないものを握りしめている」

「どんな」

「人生をやりなおす時間」

秀吉は、若い。

「わしが希望《けもう》を持ったらあかんのか」

「希望と絶望は同じところにある。しくじる可能性があるものは、一番起こってほしくないときと場所で起こる。人生を左右するものごとが、うまくいきそうなときは、大きく息を吸って身構えろ。それは必ずしくじる」

なんと悲観的な、といいたいところだが、うまくいったなら、光秀はこの年まで牢人をしていない。

「公方《くぼう》（足利義昭）の様子はどんなものだ」

織田信長は、明智光秀にたずねた。立政寺本殿である。光秀は足利義昭来岐直前、信長に呼び出された。人払いして、ほかに誰もいない。

信長は、ふだん礼法のたぐいはまったく気にしない男だが、今日は立政寺本殿拝殿の下座で、麻の直垂《ひたたれ》に烏帽子という正装で凜としている。もともと織田は美男美女の家系で、信長の異母兄・津田信広、弟・織田信包《のぶかね》ともに貴族顔の美男、浅井長政の正室となった同母妹・小谷の方（お市の方）は光秀が京都にいた時代からその美貌を世に知られた戦国一の美女である。

信長がこうして威儀をととのえて口をひらくと、光秀でさえ、信長の美貌に息をのむ。

しかし、だ。

「愚答と正答の、どちらをお聞きになりたいですか」

信長が本当に足利義昭の事情を知りたいのであれば、細川藤孝や三淵《みつぶち》藤英ら、義昭直属の側近に訊ねたほうが早い。光秀は義昭の動座のため、越前・朝倉義景、北近江小谷城・浅井長政、岐阜・織田信長の間をとびまわってきた。率直にいって義昭とはろくに顔を合わせていないのだ。あえて信長が知りたいのは、義昭の動静ではない。

「どこが違う」

「暗愚な主君は正答ではなく、自分が欲しい答えを求めて愚問を発しまする。私がいままで仕えてきた主君たちは、自分が求めるこたえを聞きたがりました」

「んー」

信長は、切れ長の目を虚空にさまよわせた。光秀は、この表情に見覚えがある、と思ったところで気がついた。

――子供が迷い箸をするような――

「では、暗君が欲する答えを先に」

「公方様の機嫌は悪いに決まっています」

「ならば賢君が欲する答えは」

「公方様の機嫌は悪いに決まっています」

「同じではないか」

「どこをどうすれば義昭様が喜んでいると考えられるのでございましょうや」

ここらへん、光秀の口調は、若君に説教を垂れる爺の傅役《もりやく》である。

「まず第一に、信長様には、義昭様の命を狙った疑いがかかったままでござる」

「俺は何もやってないぞ。光秀がでっちあげたんだろうが」

「信長様が疑われたまま、一切の釈明をなさっておられないのが問題になろうかと」

「やっていないことの釈明はできぬぞ」

「されば先年、信長様が美濃・斎藤龍興との和睦を、義昭様に無断で破棄した件についてはいかがでございましょうや」

「忘れた」

「つい先日、織田の者が誰も小谷城に迎えにいらっしゃらなかったために、義昭様は国見峠で野宿を強いられました。この件についての釈明はございましょうか」

「どうでもいいことは三日で忘れるようにしておる」

——だからお前はのべつまくなしに謀反を起こされるのだ——

とまで喉に出かかったが飲み込んだ。

「いいか光秀、そもそも足利義昭は、まったく役に立っていない」

信長は、かつて義昭が尾張と美濃の和睦を成立させたことを忘れている。自分に都合の悪い出来事は片っ端から忘れてゆく種類の男だ、ということはわかった。

「朝倉義景は加賀一向一揆との和睦の仲介をやってのけた足利義昭を、まるで未練なく放出した。用がなくなったからだ」

淡々と信長は続けた。

「織田の上洛にともない、朝倉義景にも従軍を命じた。しかし今にいたるまで朝倉は何も言ってこない。先日まで足利義昭とともにいたというのにだ」

「ともにいたからこそ、だと思いますが」

「岐阜から京都は琵琶湖南岸を通る。南近江の主、六角承禎《じょうてい》に『道をあけろ、俺に合力せよ』と命じたが、これもまったく何も言ってこない」

「以前『美濃と尾張の和睦が成ったゆえ、織田が上洛する』と畿内一円に伝えたあとに勝手に和睦を破棄して中止なされましたな。本当に信長様が上洛するとは信じていないからでございましょう」

「足利義昭はなにもやっていない」

信長は淡々と、むしろ喜んでいる様子で続けた。

「足利義昭は、何もしないし、何もできない。にもかかわらず上洛に連れてってやって、将軍様にしてやろうというのだ。それでも不機嫌になる――」

信長は首を傾げて光秀にたずねた。

「足利義昭は何様のつもりだ？」

「上様」

光秀が間髪入れずに返すと、信長は手を叩いて爆笑した。

「うまいっ！」

ここは、笑うところではない。


そしてほどなく、足利義昭が立政寺本殿にあらわれた。

足利義昭は本殿本尊・阿弥陀如来の正面に座し、義昭から左・上座に細川藤孝・一色藤長・三渕藤英といった足利直属の重臣、右・下座に徳川家康の名代、浅井長政の名代、ついで丹羽長秀・佐久間信盛・柴田勝家・森可成・稲葉良通といった尾張・美濃の織田の重臣がならんだ。

もちろん木下秀吉は奉行格なのでここには同席できず、本殿前の庭に他の奉行衆たちとともに平伏。

明智光秀はというと、席次からすれば足利の側の末席で本殿前の庭で平伏、のはずなのだが、信長の脇でかしこまることとなった。破格の扱いなのではない。足利義昭には重臣ばかりで家臣がおらず、奉行格の者を庭に座らせたくとも、少なすぎて見劣りがするからである。何より信長が「幕府・政府の礼法をわかる者がおらぬゆえ、明智が俺の横にいろ」と命じたのだ。

織田信長は、足利義昭の正面で威儀を正して平伏し、口上をのべた。

「上様におかれましては、美濃への御下向《げこう》、御動座たまわり、織田に後見の儀をお任せくださるの由、幸甚に候。僕《やつがれ》、織田弾正忠、微力ながら上様武家棟梁襲職の段、まずは安気めされますとともに、織田を指撰《しせん》たまわるの光栄の儀、恐悦至極に御座候」

よどみなく歓迎をのべる信長に、光秀は一瞬、驚嘆しかけた。しかし、よく考えれば、信長は元服したときから織田の嗣子として定められ（もちろん、奇行が多すぎて将来を危ぶまれたわけだが）、漢籍や礼法など、相応の教育を受けてきたのだ。できて当然である。

織田信長の歓迎の口上は、仰々しいものの、早い話が「足利義昭が織田を選んでなにより」というだけの内容である。

「大儀である」

足利義昭は満足げにうなずいた。信長は、義昭の暗殺をはかったことを謝罪どころか、まったく触れずに無視している。美濃との和睦を無断で一方的に破棄して義昭の命をあやうくしたこと、義昭が小谷城を出たあとに警護の者も出さずに放置したことも、すべて信長は「なかったこと」にしているのだ。義昭の満足げな表情の奥から、煮えくりかえる腸《はらわた》の音が聞こえてくるようではある。

「織田弾正忠が余に合力せしこと、適《あつぱれ》至極である。天下に武を布し、もって足利を幕府たらしめ、世を平均《へいぎん》ならしめむもの也」

「ありがたき御言葉に候」

平伏した信長が、まったく「ありがたき」と思っていないことも見え見えではあった。

「織田こそ足利の舟」

「上様こそ織田の玉」

「ともに手をたずさえ、いざ上洛を果たさむ」

「御意」

たとえ腹の底がどうあろうと、織田・足利連合が、ここに正式に成立した。

織田信長の上洛はあっさりと成功し、足利義昭は十五代征夷大将軍になった。

永禄十一年九月七日（一五六八年九月二七日）、二ヶ月を待たず織田信長・徳川家康連合軍は岐阜を出立。近江国・佐和山で浅井長政軍と合流。六万という空前の大軍で琵琶湖南岸を京都に向かった。

南近江の抵抗勢力・六角承禎は鎧袖一触《がいしゅういっしょく》で潰走。六角の重臣・蒲生賢秀《がもうかたひで》は織田に降りた。蒲生賢秀はこの後、息子・蒲生氏郷《うじさと》とともに信長に重用されることになる。

六角承禎は拠点・近江観音寺城を脱出したのち、ゲリラ化した。六角承禎は佐々木流馬術の祖でもある。騎馬中心の遊撃軍を編成し、南近江に出没して織田の経路を襲って信長を悩ませたが、やがて力尽きて衰微してゆく。

京都を支配していた三好三人衆はそれぞれ四国・淡路に脱出。十四代足利義栄は畿内に足止めをされたまま、上洛することなく病没。

永禄十一年九月二十六日（一五六八年一〇月一六日）織田信長全軍が京都入り。織田信長・足利義昭は畿内制圧に向かい、翌月十月十四日に京都に帰還。

永禄十一年十月十八日（一五六八年一一月七日）、足利義昭は従四位下参議左近衛権中将・征夷大将軍に叙任された。

明智光秀は足利義昭の警護役として参内に同行したが、もちろん殿上にあがれるわけもない。完全武装で織田の馬廻衆（警護役）とともに緊急待機。織田信長も足利義昭も、ともに暗殺や謀反の経験が豊富である。火縄に火のついたままの鉄砲を背中に三挺くくりつけた姿で立ったままであった。苦労が報われたはずなのだが、光秀にはたいした感慨がなかったのが、自分でも意外ではあった。ただ、

――これで、しばらくは食う心配はせずにすむ――

とだけはおもった。

ただし、その考えは甘かった。

間髪をいれず、足利義昭の京都の居館・本圀寺が、敵襲をうけたからである。

九　六条

永禄十二年一月三日（一五六九年一月一九日）。京都六条本圀寺。織田詰所。

年が明けた。明智光秀は五十四歳になった。

木下秀吉は山と積まれた決済書類をあっという間に片付け、おおきく伸びをした。

「暇や」

「そうでもない」

明智光秀は秀吉から回された決済書類に目を通すのに追われた。

この日の朝、当今《とうぎん》（正親町《おおぎまち》天皇）が風邪を召されたとのしらせを受け、予定がすべて中止となった。なにせ正月のさなかである。膨大な年賀の行事や祭事があり、これらの関係者への中止と指示の文書類もまた膨大な量になる。

「治世の能臣《のうしん》、乱世の姦雄《かんゆう》」と『十八史略』は語っているが、そんなものは曹操《そうそう》ぐらいしか居《い》はしない。

平時の能吏と乱世の英雄は並び立たぬもので、この点、木下秀吉は典型的な平時の能吏だ、と、明智光秀は痛感していた。秀吉は戦国武将としては無能にちかいが、この種の書類決済はやたらに速い。
「木下、どうしてそんなに手っ取り早く片付けられるのだ。本当に目を通しているのか」
「明智様こそ、なんでそんなにかかるのや。目ぇ通すだけだがや」
そう言いながら木下秀吉は右手で決済書類に署名をしている。書類決済に関しては、木下秀吉の目と手と口は、別行動がとれるらしい。

昨年（といってもわずか二ヶ月前だが）永禄十一年十月二十六日（一五六八年一一月一五日）、足利義昭を将軍に据えたあと、織田信長はさっさと将をとりまとめ、織田のほぼ全軍を岐阜に引き上げた。当初は丹羽長秀や佐久間信盛といった重鎮の武将が詰めてはいたものの、畿内に敵対する軍の存在がないと判明したところで、十一月にはかれらも引き上げた。

明智光秀と木下秀吉は、京都に残された。明智光秀は足利義昭の家臣と兼任。木下秀吉は織田の家臣。ともに雑掌《ざつしょう》と呼ばれる、徴税や訴訟、警察などの民政業務にあたった。

木下秀吉は村井貞勝らとともに諸方の本領安堵の発給や訴訟の通達に追われた。三好三人衆たちが京都からいなくなり、京都近在の権利関係が空白となって混乱するので、その沈静化である。

明智光秀は、足利義昭の家臣でもある。足利将軍襲職の祝いや、足利義昭上洛にともなって恭順してくる諸将、かつていさかいがあった——というか、足利義昭の暗殺をはかったり命を狙った者たちが、報復を恐れて謝罪ととりなしをもとめて殺到しているので、その取次といった仕事が主である。

いずれにせよ。

京都には織田の軍勢はほとんどいない。

平和な日が続いていた。


永禄十二年一月三日（一五六九年一月一九日）夕刻。京都下京、光秀自邸。

「春のはじめの御悦《おんよろこ》び、貴方《きほう》に向かって、まず祝い申し候《そうらい》ぬ。富貴万福、なおもって幸甚、幸甚」

「こうじん、こうじん」

光秀は長女・玉を膝にのせ、包みこむように抱いて、声をあわせて『庭訓往来』を読みあげた。娘は、かわいい。光秀には娘しかいないが。

「殿」

熙子が玉と光秀をつつみこむように、さらに光秀をうしろから抱きしめた。

「おおきくなったでしょう?」

玉はこの正月で七歳。戦国では、遅すぎるほど遅い時期に生まれた娘だった。無事に育つか不安だったが、帯解《おびと》きになり、読み書きができるほどになった。

光秀は、足利義昭が朝倉義景と別れる決断をした、その日のうちに妻子を京都へ脱出させた。妻子を主君に人質に差し出さねばならないほど高位ではなく、義昭の側も家臣の人質を丁重に遇するだけの資金がなかったのが幸いした。かねと地位のないことが、幸いする場合もある。

この十月に織田信長が引き上げて以降、光秀は京都の自邸にもどった。越前朝倉でも起居は越前の自邸でしてはいたものの、義昭と朝倉義景、加賀一向一揆衆との調整や織田との調整などで、十日といたことはない。娘をしっかり抱きあげる間もなく、会うたびごとに大きくなっていったという印象のほうがおおきい。

「なぜ、こどもはこんなにかわいいのだろう」

「それだけ、年をとったということですよ」

これは熙子。

「玉の輿入れをみてやることができるだろうか」

人間五十年の時代である。大所帯となった織田のなかでも、五十を過ぎて戦場を駆け巡っているのは、明智光秀以外では西美濃の古武士・稲葉良通ぐらいしかいない。

もちろん、それ以上に、戦国時代の幼児死亡率の高さも問題であった。三歳の髪置、男子五歳の袴着、女子七歳の帯解といった子供の祝いごとがなぜあるかというと、その年齢までに死んでしまう子供が多いからなのだ。

「だいじょうぶですよ」

熙子は微笑みながら光秀にこたえた。美しい。

ただし――

「私はいつの間に、こんな爺《じじい》になってしまったんだろう」

「浦島太郎の玉手箱、おとぎ話じゃなくて、本当の話ですよねえ」

「鯛やひらめの舞い踊りを見た覚えがないのだがなあ」

「気がついていないだけですよ」

そうかもしれないが、自分が称賛されたことがあったろうか。

「今川義元は私より三歳年下だから、生きていればいま五十一歳。武田信玄は四十九。上杉謙信は四十。私よりも若い者たちが次々と生まれ、次々と追い越してゆく」

「別の世界の話ですよ」

「私の旧主君・朝倉義景は、私が仕えていたさなかに父の代から続いた一向一揆との対決を決着させることができた。いまの主君・足利義昭は、私が仕えてから征夷大将軍にまでのぼりつめ、もうひとりの主君・織田信長は尾張・美濃・伊勢・南近江・若狭と畿内の過半を押さえる太守にして将軍の後見人。私にかかわった者たちは運が向く」

光秀は、ほとんど息もつがずに一気に吐き出す自分に驚いた。本当に、あれこれいろいろ溜まっている。

「かねと運は天下のまわり『の』ものだ」

「まわりに幸運をもたらす男、だとおもえばよろしいではありませんか」

煕子のいいぶんは当たってはいる。光秀には運がある。光秀にかかわった者を出世させるという運が。

「だが、他人にまわす運の、何分の一かでも自分にまわって来ないものだろうか」

「このところ、食事に川で取った鮎や山で撃った鹿が出ませんね」

光秀が牢人で困窮していた時代、川に出て泳ぐ鮎に手裏剣を打ち付けて取ったり、山の鹿を鉄砲で射殺して、飯の足しにしたことがけっこうある。武芸の鍛錬にはなるが、えもいわれぬ物悲しさがあった。

「まあ、朝倉義景や信長様から給与が出るようになったからな」

「子供に恵まれ、夕食の心配をせず、雨露がしのげる。殿はこれ以上、なにをお望みでしょうか」

「一発当てたい」

「『側室が欲しい』と言うのかと心配しましたが、安心しました」

「そこかね」

「他人の評価に振り回されると人間が壊れますよ」

熙子は微笑んだ。

「あなたの評価はわたしがします」

「なんだか、以前にも申したような気がするが」

光秀が愚痴るといつも同じ話になる。

「私はそなたを満足させるために生きているような」

「そうですよ。わかりやすくてよろしいでしょう?」

いかにも、光秀は、誰のために、なんのために、日々かけずりまわっているのか、忘れては、いる。

そのとき。

京都市中に鉦《かね》が鳴り響くのが聞こえた。

敵襲である。


京都市中に火災を報せる鉦《かね》が鳴りひびいた。

「荷物をまとめ、いつでも避難できるように」

熙子とこどもたちにそう命じ終える。

鎧下着《よろいしたぎ》に着替えて脛当《すねあ》てを着け、籠手《こて》に腕を通しているうちに、洛外四方からの伝令が第一報をとどけてきた。

「敵、京都洛南、塩小路に放火の由」

「敵、洛東の守り、勝軍城《しょうぐんじょう》に放火し候」

「敵、洛北粟田口の里に放火!」

「了解した。おのおの持ち場を離れるな。火攻めは、『孫子』の時代からの定法である。内応して市中から放火する者がいないか、用心せよ」

「御意」

「敵は何者であるか」

「三好三人衆の由。岩成友通、三好政康、そして三好長逸はそれぞれ三方の大将をつとめ、総数は――」

伝令が言いよどむ。

「多いのか」

「およそ一万」

おぼえず光秀は絶句した。

京都市中に常駐している織田は総数でも五百いるかどうか。

「村井吉兵衛（貞勝）様への注進は」

「言わずもがな」

京都の政務の担当筆頭は村井貞勝ではある。ただし村井貞勝本人は典型的な吏僚であって、合戦の現場に出たことはほとんどないし、向いてもいない。木下秀吉と決定的に違うのは、村井貞勝本人も戦国武将としての資質が皆無なのをよく自覚しており、合戦のときには決して表に出てこないところにあった。

「されば村井様へ『ただちに京を出て救援をもとめられたし』と伝えろ。合戦は私がなんとかする」

「どなたへ救援をもとめれば――」

「村井様にまかせよ」

このとき、明智光秀の年下の盟友・細川藤孝は勝龍寺城に拠点を移して留守。月番で宿直《とのい》をしているのは若狭衆のみで、近在は先日まで三好三人衆にしたがっていた者ばかりである。若狭衆でさえ、どこまで信頼を寄せられるかわからない。こまかい指示をするよりも、村井貞勝の人をみる目にまかせたほうがはやい。

「馬、ひけいっ！」

光秀は胴をくくり、銃を三挺、背に負って表に出た。

すかさず。

「織田の者とみた！　何奴《なにやつ》であるか！」

馬上から声をかける者があった。

見あげると、背に土岐桔梗の旗印を指した若武者が、甲冑に身をかためていた。旗印だけをみれば、あきらかに光秀の一族のはずだが、それにしても来るのが早すぎる。

「われは前《さきの》美濃国主、斎藤右兵衛大夫龍興である！」

一昨年、織田信長に岐阜を追放された美濃国主であった。信長とは幾度となく戦って敗退させている合戦の名手である。家臣・竹中半兵衛の反逆に遭って一時期岐阜城を脱出したこと、最終的に信長に敗北して国を追われた、その二つのことがらだけで「暗愚の君」と言われている不運な若者であった。光秀とは面識がない。

「将軍足利義昭公の家臣にて尾張太守織田弾正忠信長様の家来、明智十兵衛光秀に候！」

「其の方の名は存じておる！　織田の走狗の老いぼれ犬か！」

――老いぼれ――

光秀は、一瞬、言葉に詰まった。織田信長や足利義昭、木下秀吉らは、いずれも自分の息子ほどの世代である。光秀と同世代で現場に残っているのは数えるほどしかいない。

それでも面と向かって「老いぼれ」と言われた経験はない。意表を突かれて反応に困ったのだ。

「義昭将軍の身柄をわれらに引き渡せ！」

「われら、とは？」

「斎藤龍興、そして三好三人衆にである！」

「力ずくで言われ、はいそうですかと我らが応じるとでも思うか？」

「義昭将軍に決めさせせよ！」

「断ったら？」

「京を焼き尽くす！」

覚悟せよ、と斎藤龍興は怒鳴り、そして馬の腹を蹴って立ち去った。

十　本圀寺

永禄十二年一月四日（一五六九年一月二〇日）。足利義昭本宅・京都六条本圀寺本殿。

「余は何をしたらよいかの」

明智光秀が本圀寺に駆けつけると、足利義昭はすでに起きていて、白の木綿の小袖姿で、脇息に肘をあずけて待っていた。

上座には宿直で詰めている若狭衆の統率役の山県《やまがた》源内、一色藤長、信長の馬廻衆（警備隊）・津田四郎左衛門盛月《もりつき》、そして細川典厩《てんきゅう》（藤賢《ふじかた》）がならんでいた。

「それは――」

光秀は、すこし言いよどんだ。

細川典厩が、すかさず口をひらいた。

「明智、拙者に気を遣わず、上様（足利義昭）に申し上げよ」

細川典厩はその姓の通り、足利氏に代々つかえる細川一族のひとり。名前が一字しか違わないので光秀の盟友・細川藤孝とまぎらわしいが、まったく別人である。

細川典厩は光秀より一歳年下の永正十四年（一五一七年）生まれで五十三歳。京都の中央政治の中心にいつもいて、失脚と復活を繰り返して今日にいたっている。この高齢で現場にいる、数少ない人物の一人である。十三代足利義輝将軍の暗殺の際にはたまたま自邸にいて間に合わなかった。義昭将軍の牢人時代には京都と大坂にいて間接支援にあたり、義昭の将軍襲職の際には義昭に供奉《ぐぶ》（同行）して御所にあがった。微禄とはいえ、家格からすれば、こういうときでもなければ光秀の身分では直接口をきくことも叶わない、雲の上の人物である。

「われらとしても――」

津田盛月が口をひらいた。

「在野の戦いを知る明智の異見を知りたい」

津田盛月は織田信長の馬廻衆で、功績により黒母衣衆《くろほろしゅう》に選抜された、信長の家臣では精鋭中の精鋭である。信長とほぼ同世代で、尾張統一時代の萱津の戦いや稲生の戦いで武功をあげた。信長の信頼があつく、つねに信長の脇にいて警備にあたっていた。格としてはもちろん光秀より高位だが、職務の関係上、光秀とはかかわりは深い。

細川典厩も津田盛月も、ともに足利と織田では歴戦の武将であって、光秀の意見を聞くまでもない。

そして、明智光秀は若狭衆とも付き合いが深い。若狭武田氏とは足利義昭が放浪中から幾度となく支援をもとめ、もちろん山県源内とは旧知の間柄である。

――要するに、私にお前らの尻をぬぐえ、と――

足利直臣・織田家臣・若狭衆の、三者が揃って身動きがとれない。三好三人衆と斎藤龍興が海を渡って一万もの大軍を上陸させたことに気づかなかったのは大失態である。挽回するためにはなんとかしなければならないが、将軍を警備する三者はいずれも似たような力で誰も主導がとれず決断もできず、迂闊なことを言えば、足利が敗北した後の身の処し方にこまるのだ。

――そういうときに決断するのが将軍の仕事だろうが――

と思うものの、もちろん言える立場ではない。

「わが方の勢《ぜい》は結局、いかほどになりましょうや」

光秀の問いに、細川典厩はこたえた。

「いま懸命に掻き集めておる。なんとか二千は本圀寺に詰められる」

「二千、ですか」

光秀は本圀寺に積んである兵糧を頭のなかで計算した。数十人が詰めることしか考えていないので、二千もの将兵がはいれば、あっという間に兵糧が尽きる。そもそも本圀寺は濠《ほり》らしい濠はなく、防御施設もなく、もちろん危機管理のための抜け穴も未完成である。兵糧が尽きるよりも先に本圀寺そのものが落ちる。

三好三人衆の一万という数字は動かない。どうやっても敗北は確実である。

籠城するなら持って三日、ふつうにゆけば日の出とともに戦えば、正午を待たずに抜かれる。

「上様の選びうる道は三つにございます」

光秀は指を三本立てた。

「その一、上様が降参して三好三人衆に身をゆだねる。その二、上様をお守りして早急に京都から落ちのびる。その三、三好三人衆と戦い、力尽きたら本圀寺に火を放って上様の生死を不明にする」

「余が選ぶ道の先には何がある」

「その一、三好三人衆に身をゆだねたら首をはねられてさらしものになる。その二、落ちのびる最中に落ち武者狩りに遭って野垂れ死にする。その三、籠城して敗北し、みずから腹をめされる」

光秀の言葉に、義昭はすこし眉をひそめた。

「あいかわらず、忖度とか斟酌をしらぬ爺《じじい》よ」

「もうひとつだけ、ござ候」

「いかなる」

「三好三人衆の狙いは上様の首ひとつに候。籠城して、われらの命を救うため、家臣一同よってたかって上様を討ち申しあげ、三好三人衆にさしだす方策に候——ただし、この四つ目の危機は案じめされる必要はなかろうかと」

「なにゆえ」

「上様の首をさしだすつもりなら、いままでもいくらでもございました。上様がお命を狙われるのは、別段、今日にはじまったことではございませぬゆえ」

戦国武将で合戦の最中に戦死する例は、実は珍しい。

今川義元が桶狭間で討たれたことと、斎藤道三が長良川の合戦で敗死したことぐらいである。織田信長の父親・織田信秀は自宅で急死。武田信玄の父親・武田信虎は追放されたものの流浪して現在は京都に隠居。織田信長に追放された美濃国主・斎藤龍興は、合戦の最中に死ぬことなく追放されて敵にまわった。

足利義昭は、兄・足利義輝が暗殺された瞬間から、命を狙われつづけてきた。一乗院を脱出し、潜伏先の近江で信長に裏切られて襲撃を受け、刺客に追われながら若狭から越前へと動き、そして越前から岐阜に移動するとき、一時信長から見放されて危険にさらされた。

足利義昭ほど直接的に命を狙われ続け、生きのびてきた戦国武将は、ほかには織田信長ぐらいであろう。たいていは何度目かで殺される。

「さもあらね。余は何があっても死なぬ」

「御意」

根拠のない自信ではあるが。

「されば御下知を賜りたく」

「籠城する。籠城の大将は細川典厩にまかせる」

一同、たちませい、と、細川典厩が声をはりあげた。同席しているなかで最も家格が高く、かつ足利と縁が深い旧家である。光秀の出る幕が、あるわけがない。


本圀寺に籠城が決まり、光秀はかけずりまわることになった。

総大将は細川典厩、副将は若狭衆棟梁・山県源内、織田馬廻衆・津田盛月。明智十兵衛は足利でも織田でも新参で、前線指揮をとる。とはいっても、壁の修理とか門扉の補強とか物見櫓立てとか——要するに、荷役管理や訴訟の受付が、大工にとってかわっただけであった。

室町御殿といいつつもしょせん本圀寺は寺にはちがいない。二千の将兵が籠城して戦うようには作られていない。せまりくる三好三人衆一万を迎え撃つにはあまりに少ないが、寺にならんで槍をそろえるには多すぎる。なにより、寄せ集めの人員で命令系統が混乱しているのが頭が痛かった。防弾の土嚢を積むことひとつとっても、誰に命じればいいのかわからない。結局、光秀が足軽ひとりずつをどやしつけて動かすほかない。

大量の土嚢袋が搬入されたとき、荷駄のうしろから、ひょっこりとあらわれる者があった。

「どうや?」

木下秀吉である。光秀はあくまで現場の意見を確かめるためだけに義昭の前に出た。秀吉は織田方の京都政務官というと聞こえがいいが、早い話が雑用係に毛が生えた程度の者である。物資や資金調達の名手として、織田家中では知らぬ者はいない。

木下は、いちおう、自前の軍勢は持っている。昨年の信長の上洛には自軍をひきつれて参戦はした。ただし、雑人あがりの秀吉の家臣になろうという者は多くはなく、うさんくさげな連中をかきあつめ、かろうじて軍勢の体裁を整えているだけで、軍功らしい軍功はまったく立てていない。

「悪い」

「何も聞いとらんかったぞ。わしを何やと思っとりゃーす」

「猿」

「ほかに物の言いかたは、あらせんのか」

「ない」

「上様が勝つみこみはどのぐらい——」

「当たればでかいぞ」

光秀は秀吉をさえぎった。くっそ忙しいときに、わかりきったことを聞いてくる腹立たしさがあった。

「つまり、みこみはまったくない、ということだ」

と、ここまで言ったものの、さすがにこの若者をこの籠城戦で死なせるのが惜しくなった。才能が戦国武将に向いていないだけで、超のつく有能な青年には違いないのだ。

「木下、お前は京都を出て、近江瀬田あたりの湊《みなと》で織田の主力が来るのにそなえて待て。数万の大軍がさしさわりなく上洛するには、木下の力が要る。それに……」

「それに？」

「『孫子』はいう。賢者はまず勝ちを決めて合戦にのぞみ、愚者はいくさで勝敗をのぞむ。つまりこれは愚者のたたかいだ。年齢から言って、私にはこんな大勝負は次はまわってこない。木下には次がある」

ふつうならとうに隠居しているか、そうでなければ細川典厩のように帷幕《いばく》の奥で腕を組んで軍議をするかのどちらかである。もちろん一度や二度の戦勝で細川典厩の立場までかけあがれるわけもない。そして将軍を守って敗北覚悟の大博打、などという絶好の戦局に遭遇することは一生のうちに何度もあるわけがない。いやまあ、光秀にはあったが。

「わかった。明智様のいう通りだがや」

「戦功をあげるなら、長生きがいちばんだ。私が言っても説得力がないが」

「京都を出る前に、ひとつ聞きたいことがあるんやが」

「金と地位と名誉ならないぞ」

「それや無《の》うて――上様を越前で狙った奴はどうなったのや？」

「はあ？」

秀吉の唐突な疑問に、光秀は耳を疑った。

「そんなもの、この戦局では、どうでもよかろうが」

「いや、明智様はあの狙撃の話をいろいろ使おうとなさっていりゃーしたんで」

「しょせん私は小物だ」

いちいち自覚させられるのが腹立たしいが。

「たかが火縄銃の弾丸一発では何もかわらない。何かにつかえるかと思ったんだが――」

三好長逸・三好政康・岩成友通の三好三人衆は足利義輝を暗殺したときから足利義昭の命を狙っていた。

大和国の松永久秀はかれらとともに足利義輝を暗殺し、義昭の命も狙ったが信長に降《くだ》った。けれど松永久秀が三好三人衆に罪をかぶせるつもりでやった可能性もある。

南近江の六角承禎は信長と義昭の双方に敵対しつづけた。義昭が南近江・矢島に潜伏中、襲撃して、義昭はかろうじて逃れた。

義昭に唯一、終始味方しつづけた朝倉義景もあやしい。朝倉義景が義昭を饗応したとき、越前と加賀一向一揆は決着がついて義昭は用済みとなった。あのまま越前に居続ければ、経費ばかりがかさんで朝倉にはなんの利得もない。追い出す口実をつくるための自作自演の可能性もじゅうぶんにあった。

「下手人の心当たりが多すぎる」

「だれがいちばん怪しいと思ゃーすか」

「全員」

「『いちばん』と言っとるがや」

「誰が下手人でもおかしくない。誰がやったと特定できても、誰も得をしないので意味がない」

「そんな――」

「ひとつだけ断言できることはある」

「いかなる」

「下手人は、政事や軍事をまったく知らぬ、猿にも劣る大タワケだということだ」

「……そこまで言《い》ゃーすか」

「見てみろ。結局、あの狙撃《ねらいうち》があっても何もかわらない――というか、誰も覚えていないし気にしていない。どこかのクズのような小物の阿呆の陰謀ごっこに、振り回されるよりも他にすることがある、ってことだ」

「クズのような小物の阿呆の陰謀ごっこ、でありゃーすか……」

「そうだ。伊達に長年敗北を続け、牢人してきたわけじゃない。主君の勝敗はわからない

――というか、私がついた主君はよく負けたが、時代の節目には立ち会い続けてきた。大物と小物の区別ぐらいはつく」

大物だから勝てる、と限らないのは、斎藤道三や足利義輝について思い知らされてきた。

「歴史は勝者によって書かれるが、勝者が歴史に残るとはかぎらない」

「そんなことが、あってええんかや！」

「木下、お前がそんなに怒ることじゃなかろうが」

と、光秀はそこまで言って気づいた。

「上様を狙わせたのは、お前か」

いかにも軍事音痴で資金と人脈だけが潤沢な、秀吉の考えそうな策ではあった。

秀吉はうなずいた。

「何手か通っとるんで、鉄砲手からは、わしにたどれんようにはなっとるが」

「鉄砲手は」

「わしも会ったことがない。『腕のいい奴』としか知らん。二度と会うこともあらせん」

「ふむ」

――どうするか――

ほんの一瞬だけ、光秀は迷った。いま、木下秀吉を縛り上げて本圀寺本殿で足利義昭の前に突き出すのはたやすい。だが、そんなことをしても何の解決にもならないし誰の得にもならない。はっきりいって、もはや些末な事件になってしまっているのだ。

「逃げろ。ここから抜けろ。そして黙っていろ。三好の急襲が岐阜に届くまで二日、織田の主力が京都に来るまでふつうで四日、早くて三日。本圀寺はとてもそこまで持たない。木下は近江瀬田あたりで兵糧をまとめ、織田の主力の上洛に備えていろ。武功にはならないが、死ななくてすむ」

「それは」

「いいか、木下は逃げろ。戦国武将は利害で合戦する。負けがわかっている勝負を抜けても、誰もわらわない」

「しかし」

「武運と死とは表裏一体の関係にある。私はいままでいつも大きく当たるほうを選んで負け続けた。運は人を選ぶ。こんな無謀な大勝負は、次のない奴がやることだ」

秀吉は若い。もっと有利な勝負に出会う可能性はいくらでもあるのだ。

木下秀吉は、利にさとい男だが、それだけではこんな勢いで雑人からここまでくることはない。情に厚くてもろすぎる。

「戦国武将になりたければ、もうすこし非情になったほうがいい。大物は例外なく冷酷で、人として駄目なところがいっぱいある」

秀吉は、まばたきをせずにうなずいた。

「私に恩を感じるなら、私が討ち死にしたあとに妻子を養っておいてくれ。妻子には銭金で苦労ばかりかけた」

承知しやーした、と、消え入るような声でこたえて、木下秀吉は、退出していった。

――それにしても――

つくづく光秀は思う。

――私がついた側は、いつも負ける――

斎藤道三も、足利義輝も殺された。足利義昭もまた、まったく勝ち目のない戦いに突入しようとしている。

――私は本当に武運がない――

十一　決戦

永禄十二年一月五日（一五六九年一月二一日）。京都六条本圀寺三之門内、櫓下。

本圀寺防衛勢のうち、光秀が預けられたのはおよそ五十人。

六条本圀寺に詰めている者たちは、織田・若狭を中心にした寄せ集めの急造部隊で、いうまでもなく士気は最低である。そもそも足利義昭とはたいした縁がない者ばかり。義昭に命をかける義理のある者はだれもいない。足利義昭の直属の家臣のうち、実戦経験のあるのは細川典厩ぐらい。

大門、搦手《からめて》には尾張衆の津田左近将監、若狭衆の山県源内がそれぞれ配備され、本殿警備は信長の馬廻衆・津田盛月が担当。

明智光秀も鉄砲の腕を買われ、櫓を設営した三之門を担当することになった。ただし光秀の指揮下におかれたのは尾張衆・若狭衆からそれぞれ差し出された者たちである。

こういう緊急の事態では、まず自分の身のまわりを有能な者で固める。つまり明智光秀の率いる勢は、寄せ集めのなかの、さらにはぐれ者ばかりとなった。集まった者たちに指示をあたえようとしても、ずっと私語していて光秀の話をまったく聞かなかった。

「一同、二つ、いいことがあるぞ」

これはもう、足を引っ張られないようにするのが先決、と、光秀は割り切った。全員を集めたときにつたえたのだ。

「その一、敵はものすげえ数が多いから同士討ちをさけるために夜襲はしない。その二、敵の目的は上様の生死を確認することだから火攻めもない」

焼死体の身元確認がきわめて困難なのはいつの時代でもかわらない。

「だから飯食って寝ていいぞ。もうひとつ言っておくと、私もサイコロ博打は大好きだからよくわかるから申しておく。逆張りはあたるとでかい」

やったぜと全員が歓声をあげ、焚火の前でたがいに体をくっつけて熟睡した。年間で最も寒い季節ではあるが、体力だけはある者たちである。

そして、夜が明けた。

「一同、眠れたか。腹はふくれたか」

明智光秀は明智組の者たちに声をかけた。

おう、と全員がこたえた。

「櫓のふもとで待ってろ。敵が攻め込んできたら逃げていい。ただ、それまではここから動くな。脱走とおもわれて味方に討たれる」

お、おう、と、全員がこたえた。

「敵が攻め込んできたら、どさくさにまぎれて逃げろ。敵が欲しいのは、お前らの命じゃない」

お……おう……と、全員が小声でこたえた。

「それでいい」

こういう戦況で、もっとも怖いのは敵ではなく味方である。圧倒的な敵を前にしてひるみ、戦闘直前に指揮官である光秀自身を寄ってたかって殺して敵に差し出せば自分たちは助かる。それをやられるぐらいなら、さっさと脱走されたほうがいい。

戦国武将にとって、合戦は商売だ。名をとるかモノをとるか利をとるかの違いがあるだけだ。光秀は名をとる。他の者はモノをとる。死んでも名前は残るが、死んだらモノはあの世には持ってゆけない。それ以上でもそれ以下でもない。

鉄砲の弾込め経験のあるものを何人か呼び寄せ、ありったけの鉄砲と弾薬を運びあげさせ、光秀は櫓にのぼった。

櫓はにわか仕立てとはいえ、竹束で周囲をかこんだ、防弾だけはしっかりしたものにしてある。そして洛外が一望のもとにあった。夜が明ける前に洛外三方にあった放火は鎮火されている。この当時の市街火災の鎮火方法は、燃えている家作の周囲の造作を破壊して類焼をおさえる、破壊消火が中心である。見た目以上に被害が甚大だが、手の打ちようがない。

そして。

三好三人衆の軍が三方から六条本圀寺を包囲しているのがわかった。

一万、というのはあくまでも総数で、後詰めを置いてきてはいる。

けれども。

どう見積もっても六千をくだらない。

圧倒的に不利であることには違いない。

「なあ、お前たち」

光秀は鉄砲助手たちに声をかけた。鉄砲はぜんぶで十挺。弾込めを終えてたてかけてある。また、早具《はやご》（鉄砲に装塡しやすいよう、弾丸と火薬を紙で繭状に包んだもの）を数十発ぶんならべてあった。

「ここにいると、戦況がひとめでわかる。いよいよ危なくなったら私が真っ先に逃げる。つまり、私がいる間はここがいちばん安全だ」

鉄砲は連射がきかない。弾込め助手がいないと、どうしようもないのだ。

「安心しろ。私といれば生きて帰れる」

光秀といえども、熙子や玉のいるところで死にたい。

同日午刻（正午ごろ）。

「明智様」

と声をかけられて光秀は目をさました。

周囲を取り囲む敵に動きがあったら起こせ、と弾込め助手に伝え、光秀は櫓の上で鉄砲をかかえて仮眠をとっていた。

「だいじょうぶだ。もう起きている」

光秀がこたえると、弾込め助手はすこし驚いた。

「よくこんなところで、こんな戦況で眠れますね」

「いつでもどこでも寸暇を惜しんで眠るのは、戦国で生き残るための必須の技能だ」

自動火器や砲弾などがなく、人海戦術での組織戦闘が中心の戦国時代では、整然と隊列を組むことが重要な戦術である。三好三人衆・斎藤龍興軍の、一万という大軍は、隊列を組むだけでも大仕事なのだ。

三好三人衆は、たまたま京都にいたから小勢で天下（京都）をとれただけであって、一万を超える大軍を運用した経験はない。

軍が一定規模を超えると、兵糧の輸送や組織会計、軍内規律警察や連絡といった間接部門が勝敗を決する。けれどもいまだ群雄割拠から抜け出せていないこの当時、そうした大軍運用経験を持つ者はほとんどいなかった。今川義元が四万の大軍を率いて二千の織田信長に敗北したのは偶然ではない。尾張統一後の織田信長が、美濃との戦いで敗北しまくったのもまた、偶然ではない。

織田信長が他の戦国大名とおおきく異なるのは、敗北「しまくる」ことができるだけの資金力があったこと、そしてそうした間接部門の重要性を学んで、上洛時には六万の大軍を運用できたことにある。

いずれにせよ。

三好三人衆が六条本圀寺を包囲しても、実際に攻め込むまでには時間がかかる。合戦となれば、寝ている暇はなくなる。

そして明智光秀は、準備に奔走したために昨夜からあまり寝ていない。

弾込め助手は、光秀の返事に、当惑の表情を隠さずにつづけた。

「そういうもの、ですか」

「眠ることと食うことは、やれるときにやっておけ。苦しいときにはとりあえず寝る。目が覚めたら策が見つかるかもしれない」

「何も思いつかなければ」

「身体は休まる。睡眠は大切だ」

光秀は櫓の上から周囲をみまわした。

三之門前正面の勢から、一騎の騎馬武者が、手槍の先に白布を結わえ、はためかせて駆けてきた。

門外で馬を停めると、櫓をみあげて怒鳴った。

「われは三好長逸が家臣、斎藤右兵衛大夫龍興が寄騎《よりき》、板野徳兵衛に候！」

――四番手、か――

光秀の担当する三之門の正面の、軍大将は斎藤龍興ということであった。斎藤龍興は牢人で自前の将兵は持っていない。借りた軍勢で、しかも三好三人衆のだれよりも格下だということだ。

門外からの声に、三之門の櫓下で待機する明智光秀隊の者たちも、塀によじのぼって門外をのぞく。

「われらの望みは上様の御身ひとつに候！　門を開けよ！　降参いたし、われらが側につくがよい！」

騎馬武者の呼びかけに、光秀の隣にいた弾込め助手が光秀をみた。

「いかがなさいます？」

「肝が太い」

「はあ」

「負けが決まっている相手に、降伏を言い渡す使者になるには、勇気がいる。自棄になった敵に、首をはねられて送り返されたりするからな」

「ずいぶんと生々しい仰《お》っしゃりようで」

「やったことがあるからな」

明智光秀は、火縄に火をうつしながらこたえた。

「遠い昔、斎藤道三が長男・義龍と戦ったとき、私は斎藤道三の側についていて、包囲していた斎藤義龍から降伏勧告の使者がきてな」

いやな思い出である。

「若い武者が、恐怖にふるえながら『京に閑居の地を進上つかまつるゆえ降参されたし』と言ってきたのだ」

斎藤道三が圧倒的に劣勢だといっても、身ひとつで敵地に使者として向かうのはさぞや勇気が要ったろう、とおもう。

「すると、道三入道はせせら笑いながら使者をしばりあげ、私に首をはねさせたよ。まあ、そんな、武将魂がわからぬ卑劣漢だったからこそ、斎藤道三は美濃の者たちに嫌われたわけだが」

そして斎藤道三の孫で義龍の息子である斎藤龍興は、借り物の軍勢を率いて光秀の眼下にいる。

敵の伝令との距離はおよそ二町（約一一八メートル）。平地なら射程外で、かろうじて届くかどうかという距離である。それを見越して馬を停めたのは間違いあるまい。

ただし。

――度胸は買うが鉄砲を知らぬ――

撃ちおろすとなれば話は別である。

「それがし、三之門武者大将、明智十兵衛光秀に候！」

光秀は鉄砲の火蓋を切ってこたえた。

「これがこたえに候！」

光秀は、引金を絞った。

銃口が火を噴く。弾丸は、狙いどおり、伝令の馬の耳に命中した。

馬は驚いて仁王立ちになり、伝令は鞍から振り落とされ、地にたたきつけられた。馬は乗り手を放置して逃げ出す。

呆然、という気配が敵と味方の双方に満ちる。

明智光秀は鉄砲の銃身をつかんで怒鳴った。

「馬の耳に鉄砲！」

われながら戯《たわ》けたことを、とは思ったものの、明智光秀隊と敵方の双方から同時に一斉に、どよめきと歓声がわきあがった。

――これは、気持ちよい――

明智光秀五十四歳。名乗って注目されたのは、生まれて初めての経験であった。

開戦の法螺《ほら》が本圀寺の三方から鳴り響き、三好三人衆の攻撃が一斉にはじまった。

正門と二之門は門の際で競り合い動かず。こちらの死傷者は数人に抑えられた。

搦手の尾張衆・津田左近将監は三好方に門外に誘いだされ、包囲されて惨敗。ただし境内に退いたのが早く、死者は十数名にとどまった。

光秀が守る三之門はまったくの膠着状態であった。数人が馬を進めたものの、光秀がことごとく射殺して前進を停止した。矢の届く距離ではなく、もともと士気は高くない。もちろん光秀が率いる三之門守備隊も士気は低く、他の隊が勝ったらそっちに回ろうぜ感が敵味方双方みなぎっているのだから、動きがあるわけがない。

いずれにせよ、火矢による火攻めはなし。また、内通や内応による境内の放火もなかった。日が傾いた申刻、三好方から退却の太鼓が打ち鳴らされ、敵襲はいったん休止となった。三好方は五町（約五四五メートル）ほど下がり、本圀寺の周囲の家作を破壊しはじめた。夜陰に乗じて足利義昭らが脱出するのを防ぐためである。もちろん、破壊されて残った木材や竹材は、明日の朝には防弾の盾に流用される。さすがに明日は鉄砲は通用しないだろう。

もはやこれまで。戦うまでもない。

――また、武運が逃げてゆくのか――

危機と幸運は同じ場所にある。一発逆転を狙って敗北確実な本圀寺に残り、火中の栗を拾いにきたつもりだったが、光秀の目の前だけは緊迫感なぞ皆無にひとしい戦況であった。緊迫のないまま、武運にめぐまれないまま、運が消えてゆく。

「明智様」

本堂から伝令が櫓にあがってきた。

「細川典厩様からのご下命です。急ぎ、協議の儀があるによって本堂に来られたし、と」

「承知した」

——義昭公を差し出すのか——

一乗院から救出し、近江矢島、若狭、越前一条谷、岐阜と、ずいぶん流れてようやく将軍にかつぎあげるところまでこぎつけたというのに、みすみす三好三人衆に身柄を渡すとは、いかにも惜しい。

便利屋としてこきつかわれ、名前ばかりでほとんど給与も俸禄もくれず身分も足軽頭からかわらず、しかもさして気が合うわけでもない主君ではある。

——いちおう、反対してみるか——

そう思いつつ、鉄砲を背中にかつごうとすると、伝令がとめた。

「恐れいります、鉄砲と脇差は拙者にあずけ、丸腰で参上されたし、と」

「なん——だと?」

それではまるで、罪人の扱いではないか。

光秀は、全身の肌が、ざわ、と粟立つのがわかった。

差し出されるのは、光秀自身、らしい。

十二　詰問

永禄十二年一月五日(一五六九年一月二一日)申刻。京都六条本圀寺本堂本尊前。

明智光秀は鉄砲と脇差と太刀を伝令にあずけ、兜を小脇にかかえて本堂下座についた。柔術に心得がある身のこととて、籠手と脛当てで身を固めていれば、素手でもこまらない。

本圀寺は法華宗で、本尊は仏・法・僧の三宝、すなわち釈迦如来・南無妙法蓮華経の題目・日蓮聖人坐像がある。──もっとも、足利義昭がここに居住しているのは日蓮宗に帰依しているためではなく、単純に「ここが空いていたから」である。後援者の織田信長は禅宗だし、そもそも足利義昭は元をただせば興福寺一乗院、すなわち真言宗の僧侶である。

正面は足利義昭。左側・上座に総大将の細川典厩が座し、光秀は正面下座。若狭衆をたばねる山県源内はここにはいない。

右側に座していた織田方の津田左近将監と津田盛月は、光秀の背後にまわった。

──これは、いやな──

いかに光秀といえども、背中には目がない。二人を相手にするとなると手加減する余裕はなく、どちらかを殴り殺さないと自分が殺される。

──典厩さまは──

武辺のことには、無縁のはずだが。

細川典厩藤賢《ふじかた》は典型的な政治家である。

典厩細川家の次男として生まれ、天文二十一年（一五五二年）三十六歳のとき、兄・氏綱とともに幕府に出仕し、右馬頭となる。

幕府中枢の政権闘争で細川晴元と対立したものの、細川晴元の死去にともない、三好長慶（三好三人衆の主君）の後援を得て一時活躍。しかし兄・細川氏綱および主君・三好長慶の死去にともない失脚。

永禄八年（一五六五年）足利義輝将軍が暗殺されたときには拠り所がなく、三好三人衆と松永久秀が対立した際には松永久秀側につく。

摂津国中島城を拠点とするが、攻められて開城して大坂に脱出。そののち大和国信貴山《しぎさん》城を守るが、織田信長上洛の直前、永禄十一年（一五六八年）六月、三好三人衆に攻められて開城し、再び大坂に脱出。

だが織田信長の上洛の際、三好三人衆の追放にともなって復活し、足利義昭の将軍襲職の際には御供衆となり、今日にいたっている。

戦歴をみるとひたすら敗北し続けている男で、はっきり言って何をやっている男なのか、辺境の牢人から地べたをはいずりまわって生きてきた光秀には、理解不能ではある。

けれども、敗北し続けるためには戦場に出続けなければならない。細川典厩にそれほどの資金力があるとも思えないところから、よほどの政治力がなければむずかしい。

いずれにせよ。

細川典厩がこれほど武芸に通じているとは、明智光秀には意外であった。「意外」というほどの付き合いはないのだが。

「なにゆえに――」

細川典厩の具足は源平武者のような、紫糸縅《むらさきいとおどし》の大時代な大鎧であった。防弾や機動性をまったく考えていない、典型的な「見せるための具足」である。

「――明智は、こたびの合戦に先立ち、三之門の者どもに『夜襲はないので休め』と命じたのか」

「敵の数が多すぎるゆえに候」

――いちいち合戦の「いろは」から説明しなければならないのですか――

光秀は苛立ちながら足利義昭をみた。

義昭は、

――辛抱せよ――

と目でこたえた。

「夜襲はあくまでも小勢での奇襲にございます。敵が夜陰に乗じて攻め込んでくれば、われらの側に有利でございます」

「敵が夜中に攻めてきたらどうするのだ」

「明かりを消して身を伏せまする。そうすると敵は同士討ちするのみ」

「月の明かりがあるだろうが」

「本日は五日。月はまだ暗い」

「『火攻めはない』と断言したそうだが、その根拠は」

「三好三人衆が本圀寺を攻める目当ては、『生死にかかわらず』上様の身柄を確保することにござ候。火攻めをすれば、上様の御身は焼けてしまいまするゆえ」

身も蓋もない物言いだとは思うが、ほかに申し開きのやりようがない。

足利義昭は顔をしかめた。そして細川典厩はもっと顔をしかめた。

「他は猛攻を受けているのに、なぜ明智が守る三之門だけは敵が攻めて来ないのか」

「たまたまでございましょう。そもそも、あの程度の小競り合いを『猛攻』と仰せになるとは、きわめて心外」

光秀は、いかんとはおもいつつ、冷笑している自覚があるまま続けた。

「些細な攻めでも恐れをなすゆえ、典厩様は何度も城を捨て、お逃げなされたのでございましょう」

無礼な、と怒鳴りかえされるかと思ったが、それはなかった。細川典厩は顔面を赤く、足利義昭は顔面を青くしていた。この二人の対比は面白い。面白がっているときではないが。ともあれ。

「典厩様は、私の首をはねて、なにをなさりたいのでございましょうか」

内部がまとまらない場合、外敵をつくって内部をまとめる。外敵が動かないときは内側に敵をつくって内部をまとめる。これは政事の定法ではある。この点、細川典厩は、本当に政治家であった。

「さようなことは申しておらぬ」

「わが本圀寺内に、敵と通じておる者はおりませぬ」

光秀は、生きて本圀寺を出たい。煕子と子供たちが、待っているのだ。

「内通者がいるならば、とうに上様の命はありませぬ」

光秀は、足利義昭に目で抗議した。

――典厩様は、あてになりません――

政治的には細川典厩の判断は間違いではないのはわかる。わかるが、わかるわけにはゆかない。生贄《いけにえ》にされるのは、光秀自身なのだ。

「あと六日」

――これは、細川典厩と私の、政治の戦いなのだ――

明智光秀が最も苦手とする種類の戦いだが、家臣が戦場を選べないのは、いくさと同じである。

「未来永劫、本圀寺に立て籠もれ、と申しているわけではございませぬ。あと六日間、ささえられれば、織田の主力が上洛いたしまする」

光秀は足利義昭にうったえた。たとえ政治のたたかいであっても、勝敗を判断するのは、総大将である足利義昭だからだ。

「今朝、岐阜へ救援要請の早馬を走らせました。明日夕刻には岐阜に着きまする。織田は伊勢攻略のさなかゆえ、二万程度の軍は二日あれば仕立てられまする。大軍の移動でも岐阜から京都までは三日の行程でございますれば、一月九日に織田が岐阜を発《た》てば、十一日には織田二万が三好三人衆三万を後ろから攻め潰しまする」

光秀は、たたみかけた。

「それまで我らが持つか？　持ちまする」

もちろん大嘘だし、光秀はそんなことはまったく思わないが、本心をここで明かしても、自分が殺されるだけだ。

「立て籠もりは守勢が有利なのは合戦の定石に候。攻め手は籠もり手の十倍の兵をもってしてようやく互角になる。本圀寺に詰めているのは二千。包囲する三好三人衆はぜんぶ合わせても一万。しかも三好三人衆は夜襲も火攻めもできませぬ」

――いま、ここで、味方の手で、裏切り者扱いされて殺されるわけにはゆかない――

「われらは必ず勝てる」

細川典厩は、眉をひそめた。

「つまり明智は、何をいいたいのか」

「居もしない内通者を捏《こ》ねりだす暇があるならば、ほかにすることがある、と申し上げており申す」

「下郎に合戦の何がわかるのかっ！」

「匹夫の志」

匹夫も志を奪うべからず、とは『論語』が説いている、誰でも知っている話である。身分にかかわらず、志が固ければだれもうごかせない。

要するに細川典厩は、身分と家格が高すぎて、合戦の現場も苦悩もわからない、ということだ。

――ここは、上様に頼るしかない――

足利義昭自身は幾度となく暗殺の危機にさらされた経験がある。そこはおなじ高位の武将でも、細川典厩とは決定的に違う。

――だが、どうすればいい――

光秀は、足利義昭とは一乗院脱出から今日にいたるまで、苦楽をともにしてきたという、自負はある。ただし、義昭との距離はさほど埋まっていない――というよりは、光秀の、義昭にとっての存在意義は「安く使える身辺警護」と「織田とのつなぎ役」のふたつしかない。つまりいまの足利義昭には、光秀は「ほかに代わりがいくらでもいる者」なのだ。光秀が足利義昭に不可欠だった時は過ぎた。

――どうする?――

光秀は思案した。普通のやりかたでは足利義昭に通用しない。

明智光秀は、大仰に自分の左の耳の穴に小指を突っ込んで、ほじった。

「何をしておる!」

「――ああ、典厩様が、なにやら口をぱくぱくと開け閉めしておられるのに、何も聞こえてこなかったので、私の耳くそが溜まっているのではなかろうか、と、案じた次第。ただ、それは私の勘違いでござった」

明智光秀は、左の小指をはじいて耳くそを落とした。

「典厩様は、戦場に出るにはいささか声が小さい」

「下郎!」

細川典厩が真っ赤になり、次の言葉を探すのが知れた。ここまで面と向かって露骨に嘲笑された経験がないのは間違いない。光秀の背後で身構えていた者たちが、吹き出して笑いをこらえているのが、光秀には伝わった。

それはそれとして。

足利義昭が、困惑していることが光秀には気になった。

——要するに——

もともとは士気を維持するために光秀をつるしあげるつもりだった。しかし、予想以上に光秀の反応が同僚の支持を得た。どうするか、迷っている、ということだ。

戦国時代である。

主君といえども、家臣の大勢《たいせい》にはさからえない。征夷大将軍でさえ、判断を間違えれば追放されたり殺害されるのは、足利義昭自身が誰よりもよく知っている。

光秀自身、「どうせ殺されるなら死ぬ前に言いたいことを言っておこう」というつもりであって、同僚の支持や反応は気にしていなかった。そもそも光秀は単独行動をしていた時期がながい。美濃にいた時代から上司や主君と気が合ったためしがなく、他人と組むこともほとんどなかった。

ところが。

光秀の行動を、同僚が喜んだ。これは光秀も計算外で、意外であった。ついでながら、同僚にウケるとなかなか楽しいのも意外だった。

「無礼者！」

細川典厩が怒鳴った。

「明智光秀を取り押さえよ！」

「控えなされませいっ！」

光秀は怒鳴り返した。

戦国武将の必須の条件、それは大声である。拡声器もトランシーバーもない時代、戦場で武将みずから号令をかける方法は、自分の声しかないのだ。もちろん、光秀は伝令や采配を握る立場ではない。馬上から怒号で司令する身であって、年齢は同じでも細川典厩とは怒鳴った声の大きさが違う。

細川典厩が一瞬ひるんだ。

「すべては上様の御裁可次第に候！」

——足利義昭の将器次第——

明智光秀がいままで見てきた戦国武将のなかでは、足利義昭は「生」に対する執着と、持って生まれた「運」の強さは圧倒的だった。ただし、それらと「将」としての資質は別のものだ。——もちろん、光秀は織田信長とは抜群に気が合ったが、信長には「運」はあるものの「勝利」に対する執着が強すぎる。信長は勝つためならどんな損害でも気にしないので、主君にするには危うすぎる。

——どうする——

細川典厩も足利義昭に問いつめた。

「上様、ご下命を！」

足利義昭は、あきらかに判断に迷っていた。

「されば……」

光秀は、目を閉じた。ここまでである。瞼の裏に、熙子と子どもたちの姿がみえる。

そのとき。

「火急の御用につきご無礼もうし候！」

庭先から声。振り返ると、胴丸の背に二引両紋の指物を立てた鎧武者が、ひざまずいていた。足利義昭の紋だが、それを許された家臣は多くない。細川藤孝の家臣である。

「援兵にござ候！　摂津国池田城・池田勝正様、河内国若江城・三好左京大夫様（織田方）、摂津国池田城・荒木村重殿、そして、わが主君、細川兵部大輔藤孝が出陣つかまつり候！洛外三方に布陣、明朝には三好三人衆ならびに斎藤龍興を討ちまつる所存。総勢二万！」

足利義昭は目を見開いた。

「それは、まことか？」

「御意。近隣のこととて兵糧も慮外ゆえ、かきあつめて参り申し候。上様におかれましては、何卒、明朝までお支えたまわりますように、の由にございまする！」

「承知した」

足利義昭はうなずいた。

「一同、一丸となりてあたるべし。明智には引き続き三之門をあたらせる」

――助かった――

単純に、戦場が政争から籠城戦に移っただけで、まったく助かったわけではないのだが、それでも慣れた戦場のほうがいい。

「かかれ!」


池田勝正・細川藤孝らの援軍は夜更け前に布陣した。

三好三人衆たちは背後を突かれるのを嫌い、いったん本圀寺の包囲を解いて退いた。

翌朝、一月六日の夜明けとともに、細川藤孝らの援軍と、三好三人衆・斎藤龍興軍の決戦が開始された。

洛南からは織田方の三好左京大夫義継が突入、東は細川藤孝が鴨川沿いから侵入して三好三人衆とあたった。

主力は池田勝正・荒木村重がひきいる摂津衆で、その数はおよそ一万。主戦場は京都西側・桂川だった。まず斎藤龍興軍と戦い撃破、そして三好三人衆の一人・岩成友通と戦って敗走させた。

正午を過ぎ、本圀寺周囲の戦況が五分となったところで、本圀寺に詰めていた津田盛月らの尾張衆が、大将・細川典厩の司令を待たず北門から討ってでた。

六条から七条にかけて戦われたが、三好三人衆は万里小路《までのこうじ》から敗走し、淀川から船に乗って阿波に逃げ帰った。

京都七条から東寺にかけての地域に、千人を超える戦死者が打ち捨てられた。いずれも三好三人衆方の者たちで下卒が多く、身元がわからなかった。

一月六日申刻には決着がついた。


永禄十二年一月八日（一五六九年一月二四日）。

驚くべきことに、織田信長の主力は予想をはるかに上回る速さで上洛した。北近江・浅井長政と、三河国・徳川家康の連合軍であった。

そして織田信長軍はそのまま滞在した。本圀寺では守備に難がある。京都二条に城づくりの将軍居館を造営することを決定した。

明智光秀は引き続き京都の内政を担当することになった。

明智光秀の、織田家中での武名はあがった。

包囲された際の本圀寺詰めの者たちの内乱を結果的に防いだことが知れわたった。もちろん、これは目に見えるような形での褒賞にはならなかったが。結果は運に左右され、褒賞は政治に左右される。

もっとも、光秀に関する噂話は、いつの間にか「明智十兵衛光秀が本圀寺の戦いで陣頭指揮をとって三好三人衆を撃退した」と変化していることには、光秀も戸惑いを覚えたのだが。

ただ、柴田勝家や丹羽長秀、佐久間信盛、森可成といった織田の重臣が、光秀と目が合うと会釈するようになった。いままでは「美濃の牢人あがりの足利将軍の一《いち》伝令」だったのが、武将としてみなされるようになったのだから長足の進歩である。

足利義昭家中での地位はかわらない。明智光秀は、鉄砲術と兵法に長じて軍略にたくみなだけで、政事に詳しいわけではない。足利義昭が必要としているのは、兵力ではなく政治力である。

足利義昭は、軍事的に織田信長にたよりきりな現状に危機感を抱いた。信長が倒れたら義昭も倒れる。ひきつづき諸国大名へ、足利将軍に従うように書状を出しまくった。遠国すぎてどうでもいいような相手もいれば（朝鮮王からも返書がきた）、武田信玄や本願寺顕如、朝倉義景といった、信長と直接対決しかねない相手もいる。

義昭は信長から「織田に無断で諸国大名と連絡をとるな」と命じられた。足利義昭の監視役には明智光秀がつけられた。

ただし、足利義昭は織田信長の命令を無視しつづけた。足利義昭の武器は外交力と調整力である。自分の武器を放棄する戦国武将はいない。そして、足利義昭は脅しに屈する種類の武将でもない。

木下秀吉はなにもかわらない。奉行に毛のはえた程度の立場はかわらなかった。

ただし。

翌年の元亀元年（一五七〇年）、織田信長・徳川家康連合軍が朝倉義景討伐に出張した際、織田の同盟・浅井長政が裏切って退却を強いられたことがあった。世にいう「金ケ崎の退き陣」である。このとき木下秀吉は、明智光秀・徳川家康とともに殿軍をつとめ、ようやく武将の扱いを受けられるようになった。

とはいえ。

足利義昭と、織田信長の関係は、まだはじまったばかりである。

弐章　志賀

一　姉川直後

翌年。

元亀元年六月二十八日（一五七〇年七月三〇日）夕刻。近江横山城山麓龍ヶ鼻《たつがはな》。織田信長本陣。

姉川の合戦が終わった。

織田の重臣たちが揃っていた。首実検などの論功行賞がひと通り済み、残すは木下秀吉のみとなった。

場が、凍っていた。

明智十兵衛光秀は、背に汗が流れてくるのが、自分でもわかった。

光秀と、木下藤吉郎秀吉が地に平伏している、その正面の最上席に、徳川家康と細川藤孝（将軍足利義昭の代理だ）、そして織田信長が、いた。

「――」

織田信長は目だけで秀吉に『どのつらをさげてここに来たのか』と言っていた。この沈黙をやぶる勇気のある者は、ここにはいない。

信長は姉川の合戦で間一髪という危機にさらされた。木下秀吉が失敗をやらかしたためである。

姉川の合戦とは、元亀元年六月二十八日、北近江の浅井長政と織田信長が、北近江の覇権を争って近江国姉川近辺でおこなった戦いである。浅井長政八千には越前国・朝倉義景が一万の援兵をつけた。織田信長二万三千には、徳川家康が六千の援兵を出した。

合戦そのものはこの日いちにちで決着がついた。織田・徳川連合軍の圧勝であった。浅井長政の本拠地、北近江・小谷城へ攻め上るのは避けたものの、浅井長政を小谷城に封じ込めることはできた。朝倉義景軍は小谷城の背後の尾根づたいに越前へ逃げ帰った。

議論の余地のない、織田・徳川の大勝利ではあった。

ただし。

薄氷を踏むがごとき勝利でもあった。

開戦するやいなや、浅井長政は脇目もふらず織田信長の本陣をめがけて突っ込んできた。十三段に備えた織田軍を次々と打ち破ったのだ。

織田信長と浅井長政の、互いの目と目がわかる距離まで浅井軍が攻め寄せたところで、徳川家康軍が浅井長政軍の横を突いた。これにより浅井長政軍は態勢を崩した。最終的には数で圧倒する織田・徳川の勝利となった。

なぜわずか八千の浅井長政にそこまで苦戦させられたのか。

浅井長政が突進をはじめると、織田方で中段に待機していた木下藤吉郎秀吉隊の足軽たちが、真っ先に逃げ出したためである。


沈黙がたまらず、明智光秀が声をかけた。

「木藤《きのとう》（秀吉）」

たしかに危機のきっかけは木下隊の足軽の敵前脱走であった。

けれども、それにつられて全軍が崩れたのは、同席している池田恒興や柴田勝家たち各武将の責任でもある。

最大の功労者である徳川家康は、織田信長とは同格の同盟者にすぎない。うかつに家康が織田家中の人事考課に口をはさむと、信長の火の粉が家康の身にふりかかる。

ようするに、同席している誰が何を言ってもさしさわりありまくりの状況であった。

明智光秀は軍監《ぐんげん》として従軍していた。軍律の監督業務が主であって、このなかでは唯一、直接戦闘にはかかわっていない。

「上様（足利義昭・この場合は代理の細川藤孝）と御屋形（信長）に申し開きがあるならば、早う言上いたせ」

「ぜ――ぜんぶ――」

同席する全員が身構えた。

戦国の合戦は組織戦闘が基本である。

そして、組織で出世するには鉄則がある。

しつこくののしれ他人の失敗、笑ってごまかせ自分の失敗、という鉄則である。

木下秀吉がだれに責任を押し付けるか。

一拍の間があった。そして、秀吉は地に額をこすりつけた。

「ぜんぶ、わしのせいだがや！　許してくりゃーせ！」

その場で秀吉が首をはねられても文句はいえない流れではあった。

けれども信長は、腕を組んだままうごかない。

「ともかく」

ようやく織田信長が口を開いた。

「ナニがアレだ」

信長の言葉に、同席した全員がうなずいた。

「御意」

——ちょっと待て、お前ら——

光秀が信長に給与をもらう立場になってから二年になる。だが、いまだに信長が何を言っていて、何を考えているのか、さっぱりわからない。

何を言っているのかわからない人間はたいてい何も言っておらず、何を考えているのかわからない人間は間違いなく何も考えていない。

「五郎左（丹羽長秀）」

「いかなる」

織田の重鎮、丹羽長秀がすこし身を乗り出した。

丹羽長秀は信長より一歳年下で当年三十六。尾張の生まれで幼少時から信長につかえていたなかでは、信長に一度も謀反をおこしたことも信長を見捨てたこともない、数すくない重臣である。個性の強烈な者の多い織田のなかでは珍しく地味な男で、政治と軍事指揮に能力を発揮している。

「秀吉を、コレしとけ」

「御意」

丹羽長秀はうなずいて続けた。

「木下藤吉郎の一命を拙者あずかりとし、拙者とともに近江横山城の城番として、浅井長政の動静を見張らせ、捲土重来を期せしむりまする」

「よし」

「御屋形、ありがてゃーです！」

木下秀吉はあらためて地に額をこすりつけた。

――信長は何もやってないだろうが――

光秀はおぼえず胸のうちでぼやいた。信長は、やはり何も考えていなかった。丹羽長秀の提案に乗っただけだ。

とはいえ、いい落とし所ではあった。

合戦中に足軽たちが敵前逃亡するのは、いまにはじまったことではない。『孫子』の時代からある、悩ましい問題であった。他の部隊をになう者たちも身にやましいところがある。秀吉ひとりに責任を負わせすぎると、他の武将たちの責任問題もからんでくる。そこそこの責任を自覚させたうえでやり直しの機会を与えたほうが、重臣全体の損害もすくない。

独断専行が目立つ織田信長といえども、家臣団の微妙な均衡の上に成り立っている。均衡をくずせば、謀反と内乱が待っているのだ。

「よいか」

信長は、ゆっくりと陣内をみまわした。

「ひきあげるぞ」


信長の命令により、一斉に撤収作業がはじまった。

織田信長軍二万三千、徳川家康軍六千、あわせてほぼ三万が移動するのは、いうまでもなく大仕事である。

梅雨が明け、夏の暑さが強烈な時期である。密集した群衆の汗が蒸気となってむせかえり、泥が飛び散る。祭礼の騒乱とちがうのは、合戦の直後のこととて緊張から解放されたせいか、人数の割りに静かだというところか。祭りの後始末にちかい。

この当時、都市でさえ三万をこえる人間が居住することはめずらしい。雨露をしのいで食事をするだけの場所を確保することすら難しいほどの規模なのだ。

織田軍が動くということは、「巨大な都市がそのまま動く」ということと同じである。

軍本隊だけではない。軍の周囲に店を張る者たち——鍛冶屋や道具屋、薬屋といった軍に必須の商売のほか、飯屋や酒屋、賭場や女郎屋たちが、移動のためにせえのと店と荷物をたたんで馬に積む。

明智光秀は軍監として従軍しているだけなので、はっきりいってすることがない。馬にまたがってなんとはなしに撤収をながめていた。

木下秀吉は自分の部隊の撤収をするだけではなく、軍についてきた商売人たちのあいだもこまめにかけずりまわっていた。

——せわしない男だ——

なかばあきれかえっていると、秀吉と目が合った。

「明智様！」

秀吉は馬をとばして光秀のところに駆け寄り、馬からおりて光秀をみあげた。

おぼえず光秀は苦笑した。

「商売人たちの店じまいの面倒までみてやっているのか」

「これも仕事のうちですすでナモ」

秀吉は笑顔を見せながら馬の鞍に結びつけた麻袋をたたいた。鈍い銭の音がする。

「商売熱心なことだ」

木下秀吉は、軍の周囲にいる行商人たちの世話をしつつ、彼らから世話代を徴収している。織田の軍の行く先々でいろんな行商人がどこからともなく集まって、さしたる混乱もなく商売がすすんでゆくのは、秀吉が仕切っているからだというのは誰もが知っている。話題にものぼらない。

「人が動くと銭が動きますでな」

合戦・戦争は、時代や場所を問わず、最大の経済行為である。とにかく合戦はかねがかかる。

そして合戦の費用のほとんどは、実のところ移動にともなう交通宿泊費と滞在費に消える。つまり移動の経路上と滞在中の場所に巨額の金銭が落ちる。そこで軍の移動の経路と滞在の場所に落ちる金銭を回収できれば巨額の資金を手にいれられる。ただし、理屈ではそうでも、現実にやるとなると煩雑すぎて誰も手を出さない。

織田の諸将が軍役のために費やす銭金は、まわりまわって秀吉の懐に入っている。

「私たちは、木下を儲けさせるために合戦をしているような気になるな」

「滅相もにゃーです」

「まあ、木下がいないと困るのは確かだが」

秀吉が仕切らないと足軽たち相手の商売がたちゆかなくなる。すると足軽たちが不満をつのらせる。足軽たちが不満をためると、いざというときに合戦場で現地の農家などに押し入って略奪をはじめたり、暇をもてあまして喧嘩をしたりして、つかいものにならない。

はやい話、木下秀吉の仕事は、戦国時代の間接業務に属するものだ。総務や調整といった間接部門が、合戦や徴税といった直接部門から軽くみられがちなのは、いつの時代でもかわらない。

「銭に困ったら、いつでも言ってくりゃーせ」

これは本当。秀吉の資金調達能力は誰もが認める一方、秀吉が銭金を貯め込まず、誰にでも気軽に銭金を工面してやっているのも知られている。

「家つきの家臣も家柄も学問も武芸もない身なんで、銭だけは精一杯なんとかさせてもらいますがや」

光秀がこたえるより先に、背後からかけてくる声があった。

「そこが木下の弱みだな」

徳川三河守家康であった。


徳川三河守家康は当年二十九。先日、遠江の併合に成功し、現在は三河国およそ二十九万石と遠江国二十五万五千石、あわせて二カ国・五十四万五千石相当の大大名となっている。本拠地は遠江浜松。

武略に関しては、徳川家康は信長をうわまわる。

織田信長は天文二十年（一五五一年）に家督相続して尾張を統一することから初めて永禄十年（一五六七年）に岐阜いりして尾張と美濃の二カ国を手にいれるまで十六年かかった。

徳川家康は永禄三年（一五六〇年）、桶狭間の合戦による今川義元の戦死で、三河岡崎城を今川から独立させた。それから周辺の諸将を切り従えて三河と遠江の二カ国を押さえたのが永禄十二年（一五六九年）。岡崎城の回復から二カ国の太守となるまでに、十年かかっていない。

徳川と織田は永禄五年（一五六二年）、それぞれが、三河と尾張の一カ国をようやく占領したばかりの同規模の時代に、「君臣ではなく同格」という条件で同盟を結んだ。

徳川家康の姉川出兵は、この同盟による派兵である。徳川の派遣は、永禄十一年（一五六八年）足利義昭を奉じた信長の上洛、元亀元年（一五七〇年）四月の越前朝倉攻め（このとき浅井長政がうらぎったので、光秀と家康と秀吉は金ケ崎城で殿軍をつとめた）に続いて三度目である。

家康は永禄九年（一五六六年）、朝廷に奏上して「徳川」の姓と、「従五位下三河守」の官位を受けた。戦国時代、官位は自称が普通であって、正式な官位の持つ権威は大きい。

「銭金では人間は死なん」

徳川家康は馬上から、光秀と秀吉に言った。

「ですが、わしのところには銭金目当ての者しか来んですわ」

「それでも配置しだいで使える」

金ケ崎の撤退戦ではともに浅井長政を相手に戦った身である。天と地ほどの立場の差があっても、家康は親身であった。

「足軽を同郷の者でかためろ。『あいつはいくさで逃げ出した』と故郷で言いふらされると生きてゆけなくなるから必死になる」

「それは――」

秀吉は言葉を探した。雑人を経て足軽、足軽頭から作事奉行という具合に出世してきた秀吉には、効果が実感できるが、やりたくない方策だろう。

「木下、冷酷になれ」

家康は、駿府に妻子を人質に置いたまま、見捨てて今川から独立したことがある。

「人を殺して人を救うのが戦国武将だ」

家康の言葉に、秀吉は光秀をみあげた。光秀も秀吉も、苦労はしてきたが、いまのところ肉親を殺したり殺されたりした経験はない。そこが、信長や家康と決定的に異なるところだった。

「お前たちは、誰をたすけたい？」

二　戦勝報告

元亀元年七月四日（一五七〇年八月五日）、京都二条御殿、本丸表座敷の次の間。

織田信長が姉川合戦の戦後処理を終えて上洛。信長と足利義昭は、それぞれの重臣ととももに、二条御殿の公式会議場である表座敷に入った。織田信長による、将軍足利義昭への、姉川合戦の戦勝報告のためである。

足利義昭と織田信長が同席する場となると、双方に仕えている明智光秀の立場は微妙ではある。

明智光秀は、義昭将軍に対しても織田信長に対しても中途採用の新参者で、「重臣のその次」ぐらいの地位にすぎない。ただし、どちらについても光秀ほど深くかかわっている者もいない。それがいい場合もあれば悪い場合もある。とりあえず光秀は京都市中政務担当として信長に同行し、二条御殿表座敷の次の間で、木下秀吉と待たされることになった。

信長と義昭はいつも仲が悪い。

表座敷内では義昭将軍と信長との間で緊迫したやりとりがかわされているに決まっている。

ただ、いまのところ、光秀はヒマであった。

手持ち無沙汰なので、背後の壁をかるく指ではじいた。

コンコンと、軽い音がする。光秀はすこし、おどろいた。

「いかがしやぁーした」

「ここ、まだ板壁のままなのか」

壁は普通、左官が入って泥を塗りつけて作りあげるものなのだが、この壁は板を貼っただけの中空であった。このままでは壁に火矢を打ち込まれれば一瞬で本丸御殿は炎上してしまう。城としての役には立たない。

「御屋形が『濠《ほり》さえ切っておけばそれで十分』と言いやーすので」

足利義昭の住む二条御殿は、わずか二ヶ月で建てた安普請である。

「はやいところ、なんとかせにゃいかんですわ」

秀吉もここの作事の奉行ではある。

「うーん……壁の中身までは誰も見ないので、後にまわしてもよいのでは」

几帳面でこまめな秀吉と、几帳面なようにみえても詰めが大雑把な明智光秀の差が、こんなところにも、出る。

そのとき。

表座敷のふすまが開けられ、取次に呼ばれた。

「明智十兵衛、入れ」

木下秀吉もいっしょに腰を浮かせたが、制された。

「明智だけだ」

——私は、何をやらかした？——

身に覚えがないのだが。


足利義昭の住む二条御殿は、一年前の永禄十二年（一五六九年）、義昭の居城として織田信長が建てたものである。

永禄十二年（一五六九年）正月、織田信長が岐阜に引き揚げた留守を狙い、三好三人衆ら一万の将兵が京都・六条の本圀寺に滞在していた足利義昭を襲撃した。

このとき明智光秀がわずか二千ほどの小勢で足利義昭を守りぬいた（まあ、この危機で明智光秀の武運は一気にひらけたわけだが）。

けれどもこれにより足利義昭の身を守るための城郭の建築が早急に必要となった。信長がみずから作事奉行として差配し、京都・二条の地に濠《ほり》と石垣をそなえた城郭を立ち上げた。

城郭づくりをするうえで、もっとも時間がかかるのは、壁と石垣である。

壁は湿式工法によって作られる。左官が泥を塗り重ねて壁をつくってゆくのだが、水を大量に含むために乾燥硬化に時間がかかる。通常の建築ならば工期にすくなくとも二年はみておくのはそのためである。

石垣は石によってつくられる。加工せずにそのまま積んでゆく野面《のづら》積みをするにせよ、それなりに大きさは揃っていなければならないのだが、城の基礎をつくるほどの量の石は、供給そのものが難しい。

そこで信長はここいらの工程をすっとばした。

壁は荒壁をつかわず、板を張ったうえにうすく漆喰を塗ってごまかした。城郭として重要なのは壁ではなく濠である。擲弾筒《てきだんとう》などのないこの時代、濠さえ幅広く切っておけば、城壁を引き倒される心配はない。

石垣は、京都近郊の道端にある道標や石仏を割って大きさを揃えて使って間に合わせた。

信長は宗教については寛容で、領内の一向宗（浄土真宗）門徒との関係も良好だが、信長本人はそれなりに熱心な禅宗である。信長にとっては仏像は「何もないものに向けて拝むのに不便だからとりあえず置いてあるだけのもの」であって、それ以上のものではない。

ちなみに、城郭をつくるうえでもうひとつ重要なもの――すなわち、本丸から外部への緊急脱出用の抜け道も義昭の二条御殿には作っていない。岐阜から京都までは三日の距離である。万一、二条御殿が再度襲撃された場合でも、狼煙をあげれば、即日岐阜に通報できる。それから三日間持ちこたえさえすればいい、という割り切りでつくられている。

ちなみついでに書くと、この二条御殿は後年、本能寺の変の際、明智光秀が襲撃した。もちろんこの二条御殿についてきわめて詳しい光秀の手にかかれば三日も持つわけはなく、半日で焼失した。現代の二条城は別のものである。

「明智十兵衛、入れ。明智だけだ」

「承知」

光秀が一礼して表座敷に座るやいなや、その場にいた織田と足利の重臣たちが、「さればこれにて」と一斉に退席したので、光秀は、すこし慌てた。

表座敷の最上席には将軍足利義昭、次席には織田信長。

上品で穏やかな足利義昭がこの状況でもおだやかな笑みを浮かべているのが不気味であった。

織田信長が眉間に深い縦じわを寄せて強烈な迫力を放射しまくって何を言い出すのかわか

らない不気味さはいつもの通り。

ただしこの二人以外に表座敷に誰もいないのが、何よりも不気味であった。

「表向きの戦勝報告は、いま、一同の前で上様に奏上もうしあげた」

信長の口調がなめらかなのも不気味であった。アレともソレとも言わない。

「浅井備前守長政ならびに朝倉左衛門尉義景。ともに上様に従わざるによって、上様と天下への違犯《いはん》により、成敗《せいばい》いたし、これにより、先刻、上様より『重畳《ちょうじょう》、大儀であった』とねぎらいの言葉をたまわった」

信長の口調は恬淡《てんたん》としたものであったが表情がちがう。左のこめかみに癇癪筋をうかべ、眼球が血走って赤い。

「光秀」

「御意」

「うぬはどこまで知っている」

——何のことだ？——

信長がなめらかだったのは口調だけであった。何を言おうとしているのか、真意どころか、言葉の意味そのものがよくわからない。

——私が直近でかかわった機密事項は何だった？——

この場は二条御殿本丸表御殿で、同席しているのは信長と足利義昭と明智光秀の三人だけなのだが、この三人が共通で知っていることは限られている。

光秀は、足利と織田の双方に仕えているし、どちらでも重用されてはいるものの「重臣の次の次」ぐらいにすぎない。知っている重要機密は多くはないのだ。

「二条御殿本丸の抜け道はいまだ着工にいたらず――」

「とぼけるな」

と言われても、光秀にはまだ事情がつかめていない。

「細川藤孝や三淵藤英らの将軍直属の者たちが存じているのは当たり前だし、奴らが俺に黙っていたのはゆるす。されど、うぬは俺の家臣でもある。どこまで存じて黙っていたのか、回答次第ではただでは済まさぬ」

光秀は、じわりとした汗が背中をつたい落ちてくるのがわかった。なにか重要な策謀があるらしいのだが、光秀は蚊帳の外に置かれているらしいのだ。

「御父《おんちち》・信長は、器がちいさいのう」

足利義昭は、上品でおだやかな笑みをうかべたまま口をはさんだ。信長相手に穏やかでいられるほうが凄いといえば凄いのだが。

「余から十兵衛には何も伝えておらぬ」

「上様の物言いは、信じられませぬな」

「余とて、伊達にあまたの死線を切り抜けてきたわけではないぞよ」

「されど『足利の血筋』は、何の努力もせずに得たものですわな」

「いかにも『足利の血筋』は余が尽力したものではないが、『足利将軍の権威』は余が育てたものではある」

「俺の軍事とかねで、ね」

「織田信長のかわりはいても、余・足利義昭のかわりはおらぬ」

足利義昭の言葉に、光秀の身体のほうがこわばった。信長に面と向かってここまで言いきる者は、光秀はみたことがない。

「信長、そこもとは一度、余を捨てたことを忘れたか？」

四年前の永禄九年（一五六六年）、足利義昭は尾張の織田信長と美濃の斎藤龍興の和睦の話をまとめあげ、信長はその代償として義昭に上洛を約束した。だが信長はこの約束を無断で破棄して美濃に攻め込んだ。

このとき、信長が軍事支援の約束を一方的に破棄したことで足利義昭は駐留地の周辺の豪族に命を狙われることになり、越前に脱出した。

ちなみに義昭の面目を土足で踏み潰した信長は、このとき斎藤龍興を相手に惨敗した。上洛はなくなった。信長があらためて上洛したのは二年後の永禄十一年（一五六八年）のこと。

「猿は木から落ちても猿なれど、戦国武将は合戦に負ければただの人」

「上様は猿ですか」

とても、気まずい。

「浅井長政と朝倉義景が、俺に敵対したのは上様の命令だった」

明智光秀の喉が、おもわず、げっ、と、鳴った。

浅井長政が越前攻めで突然信長を裏切って襲ったのも、浅井長政と朝倉義景が手を組んで姉川と戦ったのも、足利義昭の命令だという。

——なん……だと！——

織田信長軍の総大将が、浅井・朝倉連合軍の総大将でもあるわけだ。

「俺が将軍の権威を制約するのが、上様はよほどお気に召さぬとみえる」

「信長が余をたすけて余を将軍にしてくれたのは認めるが、それ以前から島津や毛利や上杉といった遠国の諸将と渡りをつけている。あの者たちと手を切るわけにはゆかぬわ」

「それならはじめからそう仰せになられよ」

信長は上洛以来、足利義昭に殿中の掟をたびたび出して義昭の行動を拘束した。義昭の命令書には信長の決裁と同意書を添えること、以前の義昭の命令書などはすべて無効とすること、信長は将軍の決裁を得ることなく行動できること、などなどである。

「守るつもりのない掟ならば、はじめから呑みなさるな」

「余とて命は惜しいよの。信長の申し出をその場で断れば、余の命があやういわい」

「こっそり他と内通して俺を出し抜いても、そこいらの事情が表に出たら、上様ご自身が兄者殿（十三代将軍足利義輝）のように、闇討ちでなきものにされるとは思われぬのか」

「やってみたらよい」

「なに？」

「信長。そこまで申すなら、余を手にかけてみるがよい」

足利義昭は織田信長に泰然と言いはなった。

いま信長が足利義昭を暗殺したら、かつて三好三人衆が追放されたように、信長の周囲の諸将が「将軍の仇討」という大義名分のもと、織田の版図になだれ込んでくるのは明らかだ。

信長は、足利義昭に手をだせない。

「上様、あまり図に乗らぬほうがよろしい」

「その言葉をそのまま返そう」

「ここには俺と光秀しかおらぬ」

信長は手元の太刀をたぐりよせた。

「『光秀が乱心した』ことにして光秀に罪をかぶせ、上様をこの場でたたき斬れば織田は無傷で上様をとりのぞくことができる」

光秀は、「ひ」と喉の奥が鳴るのが自分でもわかった。将軍殺しの汚名をきせられてはたまらない。

足利義昭は動じない。上品におだやかにほほえんだ。

「余が死んで、いちばん困るのは誰かな」

ほかならぬ、信長自身である。

いまの織田に欠けているのは、最小限の損失で合戦を決着させられる交渉力であった。

「上様は、おいたがすぎる」

悪戯というには犠牲がおおきい。この合戦で何人死んだか。

「上様におかれては、お尻を叩いてしつけて進ぜる。浅井・朝倉が姉川で俺に叩き潰されたのを、よく考えめされよ」

「そう思うなら、余を信じさせるがよい」

足利義昭は即答した。

「裏切るのは、いつも信長が先だ」

「俺を甘くみるな」

「余を甘くみないほうがよろしい」

「失礼する」

信長は間髪いれずに立ち上がった。

「光秀。上様をしかと見張るように」

「十兵衛、信長に張り付いて、信長の無理無体を止めるように」

明智光秀は、こたえに詰まった。床に額をこすりつけ、

「御意」

ただこたえるばかりであった。

三　下洛

元亀元年七月七日（一五七〇年八月八日）。

織田信長と信長軍四万は岐阜に向け、京都を出立した。

信長は数万の大軍を自在に操るが（それでもちょいちょい負けるけれども、それはこの際どうでもいい）、決して京都に長居をしない。

足利義昭を奉じての上洛とそれにともなう南近江六角承禎との合戦、義昭が三好三人衆の襲撃を受けたときの支援軍、金ケ崎の戦いのきっかけとなった越前朝倉攻め、姉川の合戦など、戦場の多くが京都を中心にして発生している。

けれども信長は本拠地を京都に動かす気配をみせない。岐阜に住んで、必要におうじてちょこまかと京都にやってきて、仕事をすませて帰ってゆく。

京都東山。

明智光秀は留守居で京都の奉行を命じられ、信長の見送りのためにここにきている。

「光秀、大儀である」

「ありがたきお言葉に候」

光秀は騎馬したまま頭をさげた。

織田信長は馬上であった。

暑いなか、騎馬武者から足軽にいたるまで甲冑に身を固めている一方、信長本人は深紅の小袖で袴もつけない尻端折《しりはしょ》り、紫の小袖で襷《たすき》をかけた、そろそろ初老とは思えぬ若々しい――というより、どうやっても賢そうには見えない風体であった。この男は、自分が他人にどう思われるかということにまったく関心がない。

「その格好、暑くはないか」

見送る側の礼儀として、光秀もまた軍装で身を固めている。まだ奉行に毛が生えた程度の身分のこととて、紺色縅《こんいろおどし》に三枚錏《さんまいしころ》、鍬形はなく、前立ては旗印の土岐桔梗だけの簡素なものだが、それでも暑いことは暑い。

「もちろん、暑うございます」

「俺の前では我慢は無用」

ふつうならば「さは仰せなれど」と断るところだろうが、主君にそうした斟酌をするような性格なら光秀はこんな歳まで牢人はしていない。

「さればお言葉に甘えて」

光秀は兜と胴を自分の雑人に向けて脱ぎ捨て籠手を抜き、

「ちとご無礼をば」

ひとことことわって馬上で伏せ、左右の臑当の紐をほどいて脱ぎ捨てた。

「光秀、そこもとは遠慮せん奴ヤナ」

信長は、光秀が具足下着姿だけになったのをうれしそうに笑った。

「我慢は苦手でございますゆえ」

光秀がこたえると、信長は爆笑した。こういうところは光秀とは気が合う。

明智光秀は「上様を見張れ」と、命じられはしたものの、当の信長でさえ、将軍足利義昭の、浅井・朝倉への内通を把握できなかった。

しかも信長でさえ、義昭の密命を知ったのにもかかわらず、義昭に対してはめいっぱい皮肉を言うぐらいしかできないのだ。光秀にできることは限られている。

元亀のこの当時の京都は、桓武天皇がひらいて以来、もっともさびれた時期である。あいつぐ戦乱で市街地のほとんどは焼け落ち、上京《かみぎょう》の御所付近と下京にいくらかの町家があるばかり。まあ、空き地が多かったからこそ、足利義昭の二条御殿も手っ取り早く建てられたわけではあるが。

いずれにせよ。

織田信長が足利義昭を奉じて上洛して以来、二年を経過している。だが、京都洛中にはいまだに、数万におよぶ織田全軍を駐留させられる施設はない。騎馬武者級の武将は洛中の寺社や農家などに分駐させ、入りきれない場合には空き地に臨時に掘っ立て小屋を組んでそこで寝起きさせる。

信長は、ああみえて実のところ経費と経理に強い。

軍の運用で最もかかる経費は、旅費と滞在費である。数万の大軍を京都に駐留させると、その滞在費だけでも莫大な経費がかかる。いつ起こるかわからない合戦のために京都で無為に滞在させると滞在経費がいくらかかるか見当もつかないが、合戦のたびごとに京都に出張すれば、往復六日の出張費と合戦までの滞在費だけですむ。織田軍が岐阜に帰っても合戦がなければ遊んで暮らす可能性ももちろんあるが、織田の将兵が岐阜に帰宅している間は、その費用は固定給たる禄に含まれる。

厄介なのは。

京都洛中の政務にたずさわる、明智光秀たちである。

洛中の警察や訴訟処理、禁中・朝廷との調停、寺社との調整、畿内諸将から人質として預かった子息の教育といった通常の行政業務のほか、織田の大軍がいつ上洛してもいいよう、準備に追われていた。寝ている暇がない。

なにせ真夏である。

大軍の運用で最も困難なことのひとつに「全員を無事に戦場に送り届けること」がある。笑いごとではない。マラリアや日本脳炎、虫垂炎や赤痢や食中毒は、病状の存在は知られても病名は「瘧《おこり》」「腹痛」とひとくくりにされていた。「死に至るほどの高熱」「死に至るほどの腹痛」といった症状の存在は知られていても原因も治療法もわかっていなかった時代である。虫刺されや食あたりで戦病死するのは珍しくない。

岐阜から京都まで三日間歩きづめだった将兵たちをじゅうぶん休養させる設備を、いつでも、ただし常設ではなく（常設だと固定費がかかる）用意するのも光秀らの仕事のひとつである。寺社や商人、近在の豪農などが、即座に織田軍への宿舎供出に応じられるように手配しなければならない。

信長は、織田の者たちの軍事物資の現地調達――現地住民たちからの略奪を厳禁していた。信長は若年時、農民や雑人たちとともに泥だらけになって山野をかけめぐった。武装した足軽たちが略奪行為をおこなえば、庶民の支持を得られないことを熟知している。

したがって、糧食のための米穀、鉄砲の弾丸のための鉛、火薬の原料である煙硝などの調達経路の整備と確保もあった。

そのほか、岐阜から京都への経路の治安の確保もあった。信長が上洛した際、南近江の六角承禎や、京都から追放した三好三人衆らは、ゲリラ化して畿内各所に潜伏している。かれらの力はあなどれない。

また、織田信長はこの年・元亀元年（一五七〇年）、姉川の合戦前、岐阜に帰還途上、伊勢・千種峠で鉄砲で狙撃された。このとき信長を狙った弾丸は信長の懐中にあった餅に命中し、信長の暗殺は未遂に終わった。この織田信長暗殺未遂事件についても、解決のめどがたっていない。

つまり何がいいたいかというと。

明智光秀は、死ぬほど忙しい、ということである。

「しかしまあ、上様もあれだけきつくお灸を据えておいたんで、すこしは懲りるヤロ」

光秀の立場では、本来ならば、はいと答えてもいいえと答えても角が立つ問いである。けれども、光秀としては自分の頭越しに義昭が浅井・朝倉と話をつけていたのがいささか不快ではあった。

そこまで信用されていないというか、足利義昭のために骨を砕き身を粉にしてきたのにその程度の扱いなのかというか。

ただ、光秀は信長よりは足利義昭のことは知っている。

「懲りる上様だと思われますか」

「ぜんぜん」

信長は即答した。

「光秀は、こどものころに近在の餓鬼と殴り合いの喧嘩をやったようには見えぬな」

「いちおう武家の生まれですから、当然です」

「あのな、喧嘩をやるとき、あきらめの悪い弱い餓鬼ほど始末に負えぬのだ」

「はあ」

「強い奴は、なんで強いかというと自分の力を知っているから強い。自分より強い奴とは戦わぬ」

「わかったようなわからぬような」

「弱い奴は相手の強さがわからんから、殴り倒しても殴り倒しても、泣きながら立ち上がって向かってくるのヤ」

織田の跡取り息子だったくせに、下世話なことを知っている奴である。

「敗《ま》けてやるんですか」

「まさか。そんなのに殴られてやったら、一生自慢されるからめんどくさい。二度と立ち上がれぬほど殴って殴って蹴り倒すしかないのヤ」

「それ、勝ったほうが悪い奴にしかみえませんが」

「おう。勝つに決まっていても、ものすげえ後味が悪い」

「御屋形にも、いちおう良心なるものがあるのですな」

光秀は、われながらこういう言いたい放題の性格をなんとかしなければと思うのだが、この年になって治らないのだから、もはや死ぬまでなおるまい。

「ときどき、自分でもびっくりするけどな」

信長は笑った。結局のところ、気の合う上司とつきあうしか方法がないか。

「だから申しておく」

信長は真顔になった。

「義昭を俺に殴らせるな」

「御意」

「そして、他人にも殴らせるな。おいたのすぎる者は俺がしつける」

「承知」

ならば後をまかせる、といって、信長は自分の馬に鞭をくれて走り去った。

とはいえ、光秀も腰をおちつけることはできなかった。

このわずか十四日の元亀元年七月二十一日（一五六〇年八月二二日）、いったん四国に脱出していた三好三人衆らが足利義昭・織田信長に対抗するため、戻ってきた。

その数は一万三千。軍船を仕立て、摂津中島に上陸したのであった。

後世にいう、野田・福島のたたかいである。

四　三好上陸

元亀元年七月二十一日（一五七〇年八月二二日）。四国・阿波国に避難していた三好三人衆、すなわち三好長逸・三好政康・岩成友通を主将とした一万三千の大軍が、軍船を仕立てて渡海。大川・淀川を遡上し、摂津石山本願寺のすぐ隣の天満森《てんまがもり》に上陸した。

京都にはその日のうちに三好三人衆来襲の知らせがはいった。

明智光秀が二条の義昭将軍御殿に報告に走った。

足利義昭は本殿表座敷で脇息に肘をあずけ、光秀の報告を聞き終えると、無言でしばらく虚空をみつめた。

「上様」

たまらず光秀が声をかけると、足利義昭は我にかえった。

「まさか戻ってくるとは、の」

三好三人衆は足利義昭の兄・十三代将軍足利義輝を暗殺し、一乗院を脱出した義昭をつけ狙い、織田信長に追放されたのちも本圀寺に滞在していた義昭を襲撃した。足利将軍にとって、宿敵中の宿敵である。しかも懲りない。

「ただちに討伐の御下知をくださりますように」

「だわな」

この時点で、明智光秀は三好一族の安宅《あたぎ》信康の軍が尼崎に上陸していることも把握していた。

――三好衆の、手際がよすぎる――

信長が京都を留守にしてから、わずか十四日である。

いくら海をへだてているとはいえ、三好三人衆は牢人で、阿波の国ではなんの力もないはずである。それが一万あまりの大軍を仕立てて海を渡ってきたのだ。

ありえないとは思いつつも、光秀はたしかめた。

「よもや上様は三好と通じておられるのではありますすまいな」

「まさか」

足利義昭は、義昭自身を追放したも同然だった朝倉義景を足利の味方につけて信長とたたかわせるほどの交渉の名手である。しかも「名手」に「無節操」がついている。

「信じられませぬ」

無礼者！　と義昭が一喝するかと思ったがちがった。

「余の目をみよ。これが嘘をついている者の目か」

義昭の目には一点の曇りもなく、本当のようにみえる。けれども、小嘘は他人をだますが、大嘘はついている自分をだますことからはじまるのだ。

「嘘つきの目に見えまする」

足利義昭はものすげえ嫌な顔をした。

光秀は、こういう具合に思ったことを思ったまま口にするから、いい年になるまで牢人したのだ。こうした物言いを面白がるのは信長だけである。

「三好らを討ち果たすべし」

足利義昭は命じた。


光秀は岐阜へ急報を飛ばした。

信長からの返事を待たず、光秀は洛中を走り回った。合戦の準備は当然として、それ以外の庶務が膨大だからである。

信長はいつ京都に来るか、どのぐらいの軍勢で来るか。

織田の軍が二万なら即応できる。先年の本圀寺の変で三好三人衆は一万の将兵を集めたので、その倍ならば信長はすぐ動かせるし、京都にもその程度の軍事物資の備蓄はある。

ただし将兵はそこまでの数を常駐させていない。摂津・河内に上陸した三好長逸ら三好三人衆の軍勢に上洛され、潤沢な軍事物資を略奪されてはたまらない。軍船を仕立て、糧食・弾薬を水路で洛外に移す。

また、信長の支援がくるまでの間、どこまで、どこで、どれだけの数で、どうやって耐えるかという問題がある。

どこで耐えるか。

先年の本圀寺の変では、光秀は三日もちこたえる間に、洛外の諸将が支援にきた。

二条御殿は濠を切った本格的な城郭づくりなので、それよりは持つ。ただし安普請なので、二条御殿内で内応するものが内部から家作に火を放てば一瞬で陥落する。しかも、二条御殿から外部へ抜けるための抜け道は、まだできあがっていない。二条御殿を襲撃されたら、持って十日、といったところか。

もし三好三人衆が摂津・河内から京都に上る気配をみせた場合、ただちに足利義昭の身柄を確保し、京都から脱出させ、洛外で織田本隊の支援を待つことになる。光秀は足利義昭の脱出経路を確保した。戦局はどう動くかわからない。

どれだけの数で耐えるか。

敵は、目の前の三好三人衆だけではないらしい。

三好三人衆が上陸した天満森が、摂津石山本願寺城（現・大阪城）のすぐ隣というのが、光秀は気になった。

織田信長は先日、一向宗本願寺（浄土真宗本願寺派）の当主・顕如に、石山本願寺城からの移動を求めた。石山本願寺城は水路が網目のように張り巡らされた、摂津国の要所中の要所で、軍事的にきわめて重要な場所にある。教派の拠点とするならばこれほど軍事の要地にかまえる必要はないのだが、石山本願寺城は一向宗の中興の祖・蓮如が創設したもので、単なる寺とは重さが違う。信長の求めに対し、本願寺顕如はいまだに回答せず、沈黙している。

もし本願寺顕如が三好三人衆に合力したらどうなるか。

まず、石山本願寺城内には数万の住民がいる。越前朝倉義景が親子二代にわたって加賀一向一揆に悩まされたように、一向門徒は、合戦となったらきわめて強い。

信長の支配地である、尾張・美濃・近江は、いずれも蓮如が伝道した地であり、一向宗の寺院も多く、信長の家臣には一向門徒が多い。

かつて三河の地で一向一揆が発生した際、徳川家康の家臣団が二分して戦った。これによって徳川家康は三河国内での一向宗を禁教にした。

同じことが織田でおこったらどうなるか。織田の領内の寺院は一向宗が大多数をしめており、禁教は不可能である。それどころか、下手をすると信長が家臣団から追放されかねない。

織田の軍勢がどのぐらい必要なのか、光秀には見当もつかなかった。

そして、どうやって耐えるか。

とりあえず、光秀は畿内諸将に対し、「三好三人衆を討つべし」という、足利義昭の命令をとばした。

そして、なにかあれば真っ先に動く男が織田にいる。

木下秀吉がほとんど単身で、近江横山城からとんできた。

「わしの腕の、見せどころだがや！」

秀吉は、銭袋をぎっしり詰めた馬を引きつれ直接やってきて、光秀に会うなり開口いちばん、そう言った。

「どんな腕だ」

銭稼ぎの腕の見せどころに決まっているが、秀吉が見せたいのはその腕ではない。

「戦国武将の腕だがや！」

「人は、自分の得手よりも不得手なものを欲しがるものだな」

秀吉の金策の才能の何分の一かでも光秀にあれば、こんな苦労はしないですむのだが。

「戦国武将の腕というが、お前はそもそも近江横山城で浅井長政の動静を監視するのが仕事だろうが」

「ただの見張り番では、手柄が立てられせんがや！」

「留守番と監視とでは、暇つぶしと臨戦待機の違いがあるんだが――その違いがわかるようなら合戦であんな失態はさらさぬわな」

金ケ崎で殿軍をまかされ、姉川での失態を不問にされて近江横山城の城番に抜擢されただけに、不必要なまでに気合がはいっている奴である。

「すこしは反省せえ」

「反省だけなら猿でもできる！」

「猿だろが」

半拍の、なんともいえない気まずい沈黙がながれた。気まずい思いをしたのは秀吉だけではあるが。

「御屋形からも御言葉をいただいとる。『すぐに応援をだす。こんどこそ三好を徹底的に叩き潰すゆえ、ささえよ』と言ってくりゃーした！」

「岐阜からは、いつ、どのぐらいの応援が来るのだ」

一拍の、とても気まずい沈黙がながれた。肝心なことを、秀吉は聞いていない。

「銭勘定は一瞬でできるのに、どうして合戦の勘定になると抜けるんだ、お前は」

光秀の罵倒に秀吉が反論するかとおもったが、ちがう刀で切り返してきた。

「三好三人衆の来襲、上様が仕組んだやないやろな」

そこを突かれると痛い。

「確証はなにもない」

十兵衛殿は何をしとったんや、とは秀吉は突いてこない。

「上様は、何をなさりたいのや」

ここで罵倒しあってもなにも生み出さないのは、秀吉もよくわかっている。何をしていたか、ではなく、これからどうするか、が重要なのだ。

「御屋形に対抗しうる力があるのを、お示しなさりたいことだけはたしかだ」

実際に、義昭は外交能力だけでここまできた。

「ただ、いかにも危うい策にすぎる」

博打好きの光秀でも、ここまで無茶はしない。

「三好三人衆を御屋形が叩き潰せば上様は御屋形に屈する。されど御屋形がしくじって三好三人衆が上様の身柄を手にいれたら、今度は上様ご自身が三好三人衆に殺されるかもしれぬのだ」

「草履取りの雑人あがりの身なんで、わしにはよう分からせんので、明智様にお聞きしたいのやが」

秀吉は真顔で光秀にたずねた。

「かねもなければ武力もないのに、なんで上様はそんな具合に武将たちを動かせられるのや」

「足利将軍の御威光、というものがあってだな」

「御威光って何や?」

明智光秀は言葉に詰まった。

威光や権威は、価値があると思う者にのみ価値がある。逆にいえば、価値がないと思われた瞬間、価値がなくなる。

足利義昭は、そういうあやういところで戦っているのだ。

五　海老江城《えびえ》

元亀元年九月十二日（一五七〇年一〇月一一日）、摂津国大坂中島。

足利義昭は、三好三人衆討伐に身を乗り出した。

「総大将が先陣を切らずしてなんとする」

足利義昭は明智光秀に言い切った。

「此度の三好攻めは、余が織田の総大将である。余がみずから斬ってすてる」

海老江城にはいって前線指揮をとる、といいだしたのだ。

そして摂津・河内の淀川の大将船。

「明智」

義昭は光秀に声をかけた。

「はい」

「いよいよだな」

「御意」

足利義昭は船に丸に二引両の旗印と源氏の白旗をびっしりとかかげ、船をすすめた。二引両は足利一門の旗印、白旗は源氏の長者をしめす幟である。

淀川は水深が浅く、軍船に櫓《やぐら》を仕立てることは難しい。かわりに、義昭の乗る大将船は旗印と幟を林立させた。遠目でも征夷大将軍の乗る船だとわかる。

足利義昭の軍装はというと、軽量軽快な当世具足ではなかった。胴だけは鉄砲の防弾用の鉄板を仕込んだものだが、源平武者のごとき、緋色に縅《おど》した大袖に、戦国時代ではめずらしい五枚錏《しころ》の大兜。前立は二尺を超える長大な鍬形で頭頂部には黄金の麒麟が鎮座していた。風格は万全だがかなりの重量になるはずである。

大将船は、遠目でも義昭がわかるよう、櫓《ろ》こぎの水夫《かこ》以外に乗船しているのは光秀だけである。本来なら細川藤孝や三淵藤英らの高官が同乗すべきなのだが、彼らは大将船のまわりの護衛船に分乗していた。

光秀がここにいるのは「自前の護衛船に乗れるほど大身ではないが、足利将軍と同乗しても大丈夫な程度の身分で、しかも万一の場合、義昭の身を守れる体術の心得がある者」だからである。光秀の脇には火縄に点火し、発砲する準備が整っている鉄砲が三挺と、三人の弾込め助手が控えている。

「この、摂津福島の地は、九郎判官源義経ゆかりの地だ」

「御意」

足利義昭は緊張している。口数が多い。

「いにしえの源平合戦の折り、平家追討のために京を出た源義経が、この地で家臣・梶原景時と言い争ったそうな」

「逆櫓の松でございまするか」

「さすが明智は、よう知っておる」

源氏は平家にくらべて水軍の経験が浅い。操船用に船首にも櫓をつけるかどうかで言い争いになった。

「義経は、あれほどの合戦の名手であるにもかかわらず、梶原景時の讒言《ざんげん》で失脚した。結局のところ、目の前の合戦よりも大局的な政治がものを言う」

光秀の立場では、はいともいいえとも答えにくい話である。

「明智が当世屈指の陸戦の名手であるのは論を俟たぬ」

「ありがたき御言葉にございます」

「そこで教授してやろう。水戦で最も大切なことはなにか」

水戦だろうが陸戦だろうが、義昭はどちらも経験がないのだが、ここでその話を持ち出すとややこしいことになる、ということぐらいは光秀にもわかった。

「いかなるものにございましょうや」

「想像力」

足利義昭は即答した。

「陸戦とことなり、水戦は戦場全体を俯瞰《ふかん》できぬ。見えない敵を見えない戦いであらそって見えない戦果を知る。過去の結果を知るのではなく、見えぬ戦場を確認する想像力がすべてを決める」

いかにも義昭のいうとおりではある。

合戦は高所が有利、とは『孫子』でさえも説いた。攻め下ろす有利もさることながら、戦場全体を俯瞰してこそ戦略や戦術、采配をふるえる。

ところが。

平地の水利の地では俯瞰できない。「運河や水路が網の目に」といわれても実感がわかないのだ。

大坂は水の都だという。実際に、京都や岐阜とは比較にならないほど橋が多い。西の美濃、大垣や伊勢長島に似ていなくもないが、それよりもはるかに規模が大きい。

摂津と河内の国境は河川によって区切られているのだが、当地は海抜がひくく、しじゅう川が氾濫して川の流れがかわるので、国境が一定していない。

描かれた地図をみる限りでは、無数の不沈軍船が水軍の船団を組んでいるようにはみえる。けれども、実際に大坂の地にたってみると、無限に広がる田畑が広すぎて、河川の全容をしることはできない。信長の出陣に先立って摂津中島砦の櫓に登って周囲を見はしたが、高さ三丈（約九メートル）そこそこの櫓では、大坂平野は広すぎ、水利の地を実感するのはむずかしい。

足利義昭のいいぶんに、光秀は頭をたれた。

「御意」

「そして想像力が左右するのは、万を超える大軍を動かすときも同じだ」

「いかにも」

万を超える大軍でもまた、戦局全体を俯瞰するのは不可能である。

衛星画像や航空偵察はもちろん、衛星電話も携帯電話もトランシーバーもない時代である。部隊間の連絡や偵察の報告は、馬廻衆や伝令にまかせるしか方法はない。時計すら存在していない。

いったん部隊を配置してしまうと、あとはそれぞれの部隊の侍大将の裁量まかせで合戦が始まる。そして、戦局の流れが本陣に届く頃には、それぞれの部隊の戦局が決まった後なのが普通なのだ。

織田信長は、尾張統一までの小規模合戦で連戦戦勝を続けた。ところが、美濃攻略以降、一万を超える大軍を運用するようになってからは、面白いように負けが多い。

「信長には、想像力がない」

足利義昭に指摘されると、光秀には答えようがない。事実だからだ。

「織田信長は、余には勝てぬ」

自前の将兵をほとんど持たない足利将軍が言うと笑止千万のようにはみえる。けれども、明智光秀は、義昭の政治巧者ぶりを目の当たりにしてきた。

だから、光秀にはわからない。

淀川・海老江。

堤防の頂点に織田信長が川に背を向け、床几に腰掛けていた。明智光秀はかけあがって信長の前にひざまずいた。

「上様、御成《おなり》に御座候」

信長は川、すなわち足利義昭の乗船している旗艦に背をむけたままこたえた。

「光秀が奏者をやれ」

「御意」

そう言いつつ、明智光秀は織田の全軍を目の当たりにして、一瞬、息を呑んだ。こんな大軍が完全軍装して整列しているのを、初めてみたのだ。

堤防の下は海老江の洲《す》（堤防にかこまれた干拓地）だが、そこに織田の大軍が整列していた。二万か三万か、あるいは四万か。

永禄十一年（一五六八年）に信長が六万の軍を率いて上洛したとき、光秀は足利義昭に従っていた。信長が敵を押しつぶして従え、経路にそれぞれ警備を配置し終えていたので、光秀はみていない。

今年の北陸攻めでの金ケ崎合戦で織田は三万を率いたが、光秀が殿軍を引き受けたときには信長はすでに合戦地から脱走しており、織田は軍の様相を呈していなかった。

姉川の合戦ではこれに匹敵する大軍ではあったものの、光秀は軍監にすぎず、戦地よりもむしろあがってくる報告書に目を通すのが主たる仕事だった。

「驚いたか」

「こいつらの飯と便所の手配をどうするのだろう、というのが先によぎり候」

「正直な奴」

信長は大笑した。

「さっき秀吉が顔を出しおった。そこらへんの地べたに頭をこすりつけて『御屋形にはかないませぬ！』と絶叫していた」

あいかわらず、こまめな男である。

「かなうわけがないのに、いちいち口に出すところが木下らしいですな」

「秀吉は大仰で光秀は相手かまわず思った通りを口にする。お前らは本当にわかりやすくて面白い」

へらず口をいつまでもたたいているわけにはゆかない。

海老江の堤防の上からは海老江洲が一望できる。稲刈りを終えた季節の干拓地のこととて見晴らしはきわめてよく、やたらに広い田畑が続き、真正面四半里（およそ一キロメートル）に三好三人衆らが陣取る摂津野田城、摂津福島城があった。三好三人衆軍が圧倒的に劣勢なのは、みただけでわかる。

明智光秀はひざまずいたまま、織田の大軍に向け、声をはりあげた。

「一同、上様の御成《おなり》である。頭《ず》が高い！　ひかえおろう！」

光秀の声とともに太鼓が打ち鳴らされ、織田の大軍が具足の足摺《あしずり》（太腿の防具）の札《さね》の音を立てながら一斉にひざまずく。

そして、足利義昭が、軍船をおりて川岸から堤防をあがってきた。

「信長」

義昭は、立ったまま、床几に腰掛けた信長を見下ろした。

「そこもとは、ひざまずかぬのか」

「勝負はすでについておる。算多きが勝ち」

信長は、うしろ腰にさした軍配団扇を抜いてふりあげた。

「大将が誰か、あらためてご覧めされよ」

織田信長は床几に腰かけたまま、軍配団扇を野田・福島城に向けて振り下ろした。

それと同時に織田全軍に法螺の音と押し太鼓が鳴り響き、織田三万が立ち上がって一斉に野田・福島城に向かって突進していった。

足利義昭は動ぜず、涼しい顔で信長にこたえた。

「さて、大将は誰かの」

織田全軍が突進を開始したとき、ほんの一瞬、足利義昭が口もとをゆがめて笑ったのを、光秀は見逃さなかった。

足利義昭の読みが当たった。

織田の先陣、第一波が野田城と福島城に襲いかかる寸前、城の手前で爆音がとどろき、煙が舞い上がって、前進の足がとまるのがみえた。

先陣から、背に赤い母衣《ほろ》をくくりつけた伝令がこちらにむかってくるのが見える。信長は伝令が届くのを待たず、軍配団扇を地面に叩きつけた。

「あれは焙烙火矢《ほうろくびや》と申してな」

足利義昭は自分の手で床几をよっこらしょと広げて腰掛けながら笑った。

「陶器の球に火薬と鉛の小玉を詰め込んで点火し投げ込むのだ。地面に着くと割れて爆発する。鉄砲は一度にひとりしか倒せぬが、焙烙火矢はまわりをまとめて倒す。水軍が船を襲うのに使う手でな」

三好三人衆には阿波の水軍がついている。

足利義昭は信長が投げ捨てた軍配団扇を拾いながら続けた。

「さて、大将は誰かの」


足利義昭の指揮はあざやかであった。

「大軍は、ただ大きいというだけですでに勝っておる。負けぬことこそ肝要での」

義昭が軍配団扇をかえすと退き太鼓が鳴り響き、野田城・福島城を包囲していた織田軍を、焙烙火矢の射程外に退《ひ》かせた。

「厄払いをさせよ」

伝令を走らせ、眼下にある海老江八坂神社に部将（小隊長）を代参させた（その武将が荒木村重という、摂津の新参者で、このとき実は三好三人衆に内通していたということを明智光秀は後日知った）。

「あとは、城に立てこもる者に無力を知らせるのだが——明智、鉄砲の腕を見せてやりなさい」

「御意」

あまり足利義昭に武功をたてさせるのはよくないものの、拒否できる立場ではない。明智光秀は三人の弾込め助手とともに馬にまたがり、野田城の大手門前に走った。

光秀は野田城大手門前で馬を降りた。織田の大軍は焙烙火矢の射程をさけているので、光秀と弾込め助手だけが突出していることになる。

弾込め助手を馬の後ろに避難させ、光秀は鉄砲の火蓋を切り、一歩前に出てどなった。

「拙者、明智十兵衛光秀に候！　六条合戦の折、三好の衆を蹴散らせし将である！　われに見覚えありや！」

本来なら「織田信長家臣！」とか「足利義昭家来！」とかいった所属を名乗るべきなのだが、信長と義昭のどちらの名を先に口にするかというややこしくもめんどくさい問題がある。どのみち明智光秀はどこの家臣だろうが三好三人衆にとっては宿敵であることには違いないので、自分の名前を最初に出した。

明智光秀は、身ひとつで銭もかねもなく、たいした身分でもない。ただ、名前だけは通っている。

はたして、野田城の大手門の塀の櫓の屋根にのぼる者がいて、名乗りをあげた。

「阿波の主、北斎宗功・従四位下・三好日向守長逸である」

三好三人衆の長老であった。右手に火のついた投石具をぶらさげている。焙烙火矢であった。

光秀は鉄砲を構えてつづけた。

「三好の者なれば拙者に本圀寺での遺恨があろう！　参られよ！」

「されば」

「いざ！」

光秀が声をかけると、三好長逸は焙烙火矢を光秀にむけて放った。

ゆるやかな放物線を描いて焙烙火矢は光秀の側に飛んでくる。光秀は空中の焙烙火矢を狙って鉄砲の引き金を絞った。

命中した。

爆音とともに焙烙火矢は空中でむなしく炸裂した。いちばん高くあがった頃合いをみて撃ったので、焙烙火矢の空中爆発は、野田城の中からもみえた模様である。織田側はもちろん、野田城からも、将兵がどよめいた。

「三好の者に申し置く！　雑賀《さいか》の鉄砲衆が本日、われらの側に着陣の予定である！」

戦国武将で、雑賀の鉄砲衆の名を知らぬ者はいない。

「かれらの腕は、拙者の比ではない！」

ここまで脅せば、あとはあえて合戦をするまでもない。

明智光秀が本陣に戻るよりも先に、野田城と福島城から早馬が織田信長・足利義昭のもとにとんできた。「降伏し、四国へ退去するので許されたし」というものである。

けれども信長は激怒した。降伏の申し出を蹴り、

「徹底的に叩き潰す」

と言い切った。

織田信長は野田城・福島城の背後の川に軍船をうかべて補給路を断ち、放火の準備を整えた。

だが、そこまでであった。

この日の夜、隣接する、摂津石山本願寺の寺内から早鐘が鳴り響き、織田側の陣に鉄砲が打ち込まれたためである。

一向宗の門跡（当主）、本願寺顕如が、織田信長へ敵対することを明らかにしたのだ。

六　天満森

元亀元年九月二十二日（一五七〇年一〇月二一日）、摂津国大坂天満森。足利義昭本陣。

苦難に強い者ほど快感に酔う。明智光秀は、しみじみとそう思う。

足利義昭が「いつでも余が和睦させるぞ」と告げると、

「む」

織田信長は顔面に血を逆上させ、腹の底から喉を鳴らして立ち上がった。

明智光秀はひざまずいたまま身構えた。例によってここには信長と義昭と光秀しかいない。信長が義昭に切りかかろうとしたら、無傷で信長を取り押さえなければならないからだ。織田信長と足利義昭の、どちらが怪我をしても光秀の立場がなくなる。

「余は、ここで怯《おび》えたほうがよいかの」

足利義昭は、織田信長の気迫には圧されない。

足利義昭は幾度となく命を狙われてきた。戦国武将は組織戦闘がほとんどである。国主が生命の危険にさらされるときは国が滅ぶときである。この意味で足利義昭は、並の戦国武将よりもはるかに肝が据わっていた。足利義昭は、本当に苦難に強い。

「お黙りなされよ」

信長はそう言うと、本陣の陣幕を自分ではねあげて出ていった。

「なあ、明智よ」

義昭は快感の表情をあらわにして光秀の耳に口を寄せた。

「身の危険を知らぬお殿様は、すぐに顔にだすものよの」

苦難に強い者ほど快感に酔う。

足利義昭が、いま、得意の絶頂の快感に酔いしれているのが、明智光秀にはよくわかった。無論、義昭がこんな得意の表情をみせるのは、光秀とふたりきりのときでしかないが。

織田信長は、苦境に追い込まれていた。

眼の前の石山本願寺城に盤踞《ばんきょ》する一向宗（浄土真宗）門跡、本願寺顕如が、織田信長への敵対を表明し、織田軍を襲ったからである。

明智光秀は越前国・朝倉義景と加賀一向一揆衆との和睦でかけずりまわった経験があるので承知はしていたが、摂津でも一向門徒衆は強かった。

九月十二日深夜に織田信長の陣へ鉄砲を撃ち込んだのは、本願寺顕如本人だったという。台風の来襲する季節である。

顕如の発砲に天が呼応するかのように嵐となった。

翌日九月十三日未明には雨は駆け抜けたが、高潮がおこり、海が淀川をさかのぼった。石山本願寺衆（三好水軍の者だともいう）が海老江洲の堤防を切り、織田全軍が水没。たまりかねて信長は本陣を天満森洲に、足利義昭は摂津中島に退いた。翌日九月十四日、石山本願寺衆はさらに織田の本陣に襲いかかった。

だが、九月十五日に禁裏（朝廷）からの使者が摂津中島の足利義昭本陣をおとずれたので合戦は一旦中止。

九月十六日、十七日の二日間、織田軍と石山本願寺・三好三人衆との間で和睦の協議がおこなわれた。この和議では足利義昭は同席していなかった。

和議は成立せず、九月二十日に合戦が再開された。石山本願寺城から軍勢が繰り出されて織田軍を襲撃。織田側の侍大将・野田越中守が戦死するという激戦――というか織田信長の大敗となっていた。

その一方で足利義昭はというと。

涼しい顔をしてた。

摂津攻めの陣が、すべて足利義昭を中心にまわっていたからである。

九月十四日に摂津中島に本陣を退くやいなや、ただちに一色藤長を使者として遠江・浜松城の徳川家康に織田信長への援軍の要請の書状を発信した。徳川家康は姉川合戦から帰還したばかりで武田信玄との対決中で多忙をきわめている。

「中島表では、信長が奮戦している。畿内やそのほかの諸将も数万騎を派遣している。外聞もあることとゆえ、家康もまた兵を出すのがよかろう」

そう書状にしたためた。さらに義昭は、

「織田信長は『徳川殿の加勢は無用』と断ったけれど、先年の織田・徳川の盟約があることゆえ、時を移ろうことなく早急に兵を出すのがよいと思う」

足利義昭の発給する公式文書は、すべて織田信長が目を通すことになっている。いうまでもなく信長の非力さをからかうものである。

九月十五日に禁裏から義昭に使者が送られた。勅使ではなく、戦況をたしかめにきた非公式の使者ではある。

石山本願寺の当主は「門主」「宗主」ではなく「門跡」と呼ばれる。これは寺格を表す。寺格の権威の根拠となるものはいうまでもなく天皇であって、いかに本願寺顕如でも、天皇からの使者の訪問先を襲うことはできない。

九月十六日、十七日の和睦交渉は足利義昭抜きで行われた。形勢が逆転して劣勢となった織田信長に、本願寺が応じるわけがない。

九月十九日、義昭に同行していた陰陽頭の土御門有脩《つちみかどありなが》が、暦の調製のため京都に呼び戻された。陰陽師は占いだけではなく、暦の作成の責任者だからである。一年を三百五十日で計算する太陽太陰暦のこの時代、暦の作成は専門的知識と施行する権威の両方が必要だった。

なぜ陰陽師がこの局面にいたるまで義昭のところにいたのか？

義昭が総大将として決断するためである。

戦国の大将が重要な決断を迫られた場合にそなえ、易《えき》や占筮《せんぜい》で気色《けしき》（運の流れ）を知るために身近に陰陽師を置くのは常識であった。征夷大将軍の決断にふさわしい陰陽師は、もちろん陰陽頭である。

ではなぜ陰陽頭がこの局面にいたって京都に呼び戻されたのか。

足利義昭が「すべての決断を織田信長にまかせる。やれるものならやってみろ」という意思表示のためである。

その結果。

九月二十日。織田信長は侍大将・野田越中守を戦死させた。信長は、大敗したのだ。

そして、足利義昭は天満森の信長本陣をおとずれた。

苦難に強い者ほど、勝利の快感に酔う。

「身の危険を知らぬお殿様は、すぐに顔にだすものよの」

足利義昭は得意満面で光秀に言った。織田信長も義昭同様、数えきれないほどの謀反や暗殺未遂を切り抜けてきた男なのだが、いま指摘することでもない。ただ、「御意」と肯定するわけにもゆかない。黙っていたら義昭は続けた。

「本願寺顕如と刃をかわしている戦況であるが」

いきなり話題をかえた。

「織田の家中には一向門徒が多いときく」

「御意」

この時点で、よく織田の陣中から目の前の本願寺の境内に転進する者がいないものだ、と、光秀はそちらに感心している。

「織田の一向門徒衆の蜂起を抑えてやるによって、余に方策がある。内々に信長に話があるによって、信長を陣中に呼びもどせ」

——どの口が言うのだ——

信長に小遣いをせびる、というわけだ。

「征夷大将軍の器量を、見せつけねばならぬ」

義昭にその器量はある。ただし義昭の権力には根拠がない。

御意、と光秀は頭をさげてさがった。

さてどうやって信長に切り出したものかと本陣の陣幕をはねあげると、はたして、織田信長が本陣に背を向けたまま立っていた。

信長は信長で、勢いで陣幕を出たものの頭が冷え、自分の采配の下手糞ぶりをおもいだしたらしい。

「わかった」

「御屋形（信長）、上様がお呼びにございまする」

織田信長は自分で陣幕をはねあげながら光秀をみた。

「入ってくるなよ」

「御意」

だが、それは無理であった。

かなたから、木下秀吉が背に瓢簞《ひょうたん》の指物をはためかせ、馬にしがみついてこちらに飛んでくるのが見えたのだ。

七　二枚底の底

元亀元年九月二十二日（一五七〇年一〇月二一日）、摂津国大坂天満森。足利義昭本陣。

人間、踏まれたときには蹴られるものである。人生の二枚底の底は、実に簡単に抜ける。

木下秀吉は馬から飛び降り光秀の前に駆けつけると、土下座で額を地にこすりつけつつ、ささやき声で怒鳴った。

「明智様、助けてくりゃーせ!」

秀吉が光秀に助けを求めるとは、武辺まわりのことである。

「知恵を貸してくりゃーせ!」

「いかがいたした」

「浅井長政と朝倉義景が手を組み……」

秀吉が言いよどむのをみて、光秀は内心、舌を打った。

「小谷城から攻めおりて近江横山城を落とされたか」

それなら丹羽長秀がとんでくるはずだが。

「いいえ、横山城と丹羽様は無事でいりゃーす」

ざわ、と光秀は全身の肌が粟立つのがわかった。

「では、浅井・朝倉が琵琶湖を南下したか」

「はい」

「どちらに」

「琵琶湖の西側を……」

秀吉の言葉に、光秀は目眩をおぼえた。考えられる、もっとも悪い事態である。

琵琶湖西側を押さえる若狭衆の人質のとりまとめは、明智光秀がおこなった。

浅井長政・朝倉義景の連合軍が琵琶湖西側の経路をとったとすれば、事前に察知できなかった明智光秀の責任を問われるのだ。

「京都に向かっているのか」

「いいえ」

「森三左衛門様がとめてくださったか」

琵琶湖西岸、宇佐山城には、信長の重臣中の重臣、森三左衛門可成《よしなり》（蘭丸の父）がいる。

森三左衛門は姉川の合戦で、突撃してくる浅井長政をおしとどめ、織田の崩壊を食い止めた猛将である。

「いいえ」

「まさか」

「森様は浅井・朝倉を相手に戦死なされて……」

光秀は、自分の顔から音を立てて血が引くのがわかった。

「まだあるのか」

「浅井・朝倉は逢坂の関を越え、洛外・山科に攻め寄せとるのや」

浅井・朝倉軍が、京都とは、わずかに山ひとつはさんだ場所までせまっているのだ。

「その数、およそ三万」

つまり織田信長は。
一、摂津国で三好三人衆と局地戦で敗北し、
二、石山本願寺の参戦によって摂津の陣で大敗し、

三、家中の一向門徒の謀反の可能性におびえつつ態勢を整えていた矢先に、
四、叩き潰したはずの浅井長政・朝倉義景が息を吹き返し、
　朝倉義景・浅井長政が、信長の首根に刃をつきつけてきた、というわけだ。


「どうしたらええと思ゃーす」

——そんなことは私が聞きたい——

織田が潰れると光秀はまた固定収入の伝手《つて》をなくす。さりとて、信長がここまで窮地に追い込まれていては、信長につくのは躊躇《ためら》われた。

「木下はどうしたい」

「昔に戻るのやなければ、どんなことでも」

「とりあえず、丹羽長秀様のせいにしていないことだけは褒めてやる」

光秀はおもわず口にした。秀吉は、どんな失策も決して他人のせいにしない男である。

「よく逐電（職場放棄）せずにしらせに来た」

秀吉は中堅の武将としては若い。信長のもとでそこそこ実績を積んできたのだから、ここで役務を放り出し、他家に仕官がえするという選択肢がある。

「明智さまが、わしの立場だったらどうしやーす」

「私は、ほうりなげたら次の仕官先がなくなる」

やりなおしのきく歳じゃないから、とは言わない。

「こうみえても、いちおう戦国の武将だからな。『名こそ惜しけれ』とやせ我慢して生きるのも大切でね」

「それは、わしも同じだがや」

馬鹿にするな、といいたいところだが、似たような立場である。

さて、どうするか。

そのとき。

本陣の陣幕が、内側からはねあげられた。

織田信長がひとこと、

「おい」

と言い、目だけで「入れ」とうながした。

陣幕の奥の最上席から、従三位大納言・十五代征夷大将軍足利義昭が、声をかけてきた。

「その方ら、余に報じることがあろう」

「京都差配兼近江横山城差配・木下藤吉郎が上様（将軍・足利義昭）ならびに織田弾正忠信長様に言上つかまつりたき緊急の件があり申し由に候」

明智光秀は木下秀吉の側をみた。秀吉の顔面は蒼白である。

「私がかわりに申し上げようか？」

秀吉は光秀にはこたえず、額を地面にこすりつけて絶叫した。

「浅井長政・朝倉義景を見逃しました！」

秀吉は自分で全責任をとるつもりらしい。

「浅井長政・朝倉義景は五日前の九月十六日に小谷城を尾根づたいに脱出、合流して琵琶湖西岸を南下、一昨日九月二十日、比叡山下・近江坂本城、宇佐山城にいたり、森可成様が野戦で防戦なされるも力およばず戦死。ただし宇佐山城は落ちず、浅井・朝倉は進路をかえて京都に向かい、逢坂の関をこえて山科にいたっておりまする！　浅井長政・朝倉義景あわせて三万！」

木下秀吉は息もつがずに一気に言い切った。

「それは、あやうい」

足利義昭は、左の唇をつりあげるようにして笑いながらこたえた。

「上様は、なかなかに楽しげにいらせられる」

織田信長は無表情のまま、動ずる様子もなくこたえた。陣幕をはねあげ、足利義昭に背をむけている。

足利義昭は信長を見ず、光秀と秀吉を見下ろすかたちで言った。

「『上洛する』とした約束を勝手に捨てて命をあやうくさせる者もあれば、上洛できなんだことを悔い、あらためて忠義を示す者もおる」

足利義昭は、つづけた。

「それを思えば、『難儀』と申すほど周章狼狽することもなかろう」

織田信長は目だけで義昭をみた。

「上様、おいいたが過ぎますな」

「信長、忘れるな。『余をたすけよ』と命じた者は日本全国におる。織田信長のかわりは、天下にいくらでもいるのだ」

「上様は俺に『天下に号令するのは足利将軍だ』とでも仰せになりたいか」

「織田信長、余はお前をひざまずかせる」

——といっても義昭は徒手空拳も同然ではないか——

光秀はあきれかえったが、義昭も自覚はしているらしい。

「信長、無謀なことを、と、余を嗤《わら》いたければ嗤うがよい。余がなしたることをみよ」

「俺は、嗤いませぬ」

織田信長は自分に告げるように言った。

「やると決めたことは、できるまでやる。それは上様も俺も同じに候」

「信長、そこもとの恩は忘れはせぬ。されど、そこもとが余をかつがなくとも、誰かが余をかつぎあげたことも忘れるな」

「いかにも、俺のかわりはいくらでもいるだろう。されど、上様は忘れておられる」

「何を」

「神輿《みこし》はじぶんで歩けない」

——つまりどうしたいのだ、お前らは——

明智光秀は、全身に冷たい汗が浮かんでくるのがわかった。どちらの命令をきいて、どうやってうごけばいいのかわからない。

誰が命令するのか。総大将は誰なのか。指揮する者どうしの争いは、結局、じぶんたち下々の者がひっかきまわされる。うかつに口をひらけば、光秀自身の立場もあやうい。

光秀は木下秀吉の側に振り向いた。

――どうする――

だが、信長が先に動いた。

織田信長は、立ち上がると陣幕をはねあげ、全軍に向かって絶叫した。

「三左衛門!」

信長は、耳まであかく染め、そして涙を流していた。

「仇《かたき》はとる!」

信長の号令が、全軍に響いているのがわかった。

森三左衛門可成は、信長の重臣のなかでは数少ない、「信長を裏切ったことも見捨てたこともない武将」のひとりである。もとは美濃の出だが、信長の尾張統一時代には信長につきしたがい、桶狭間の合戦の際も、ほとんどの重臣が信長を見捨てたなか、信長とともに戦った。

「馬ひけーっ!」

馬廻衆(護衛兼伝令)が真っ青になって信長のところにとんできた。

「織田の全軍を京に引き揚げる。今夜中に全軍の移動を終えろ」

京都から摂津大坂の陣までおよそ十一里（約四三キロメートル）。徒歩なら半日だが五万の大軍だと荷や軍装をともなう。かなりの強行軍だといえた。

秀吉が平伏したままこたえた。

「承知しやーした！」

「猿、力をふりしぼれ。出世できるところまで俺がひきあげてやる。将軍様をよくみておけ」

足利義昭は、信長の形相にも動じない。いまさら死を恐れる義昭ではない。

「人は無能になるまで出世する」

征夷大将軍は武士の最高位で、武士の出世の行き止まりである。

「それは、どちらかな」

義昭は平然とこたえた。

八　山科

元亀元年九月二十二日（一五七〇年一〇月二一日）京都洛外・山科。

明智光秀は、立ったまま鉄砲の銃床を右頬につけ、十間（約一八メートル）をへだてた弓武者と向かいあっていた。一騎討ちである。

「拙者、将軍足利義昭公兼織田弾正忠信長が家来、明智十兵衛光秀に候！」

名乗りをあげると同時に光秀の背後から炎がふきあがるのを感じた。鉄砲は火蓋を切っている。火の粉が火皿にふりかかれば暴発するので気が気ではないが、消火隊の警護という役務上、しかたがない。

それにしても。

——私はいい歳をして何をやっているんだろう——

そう、思わないわけにはゆかない。自分と同世代でいまだに合戦の現場に出ているのは、美濃衆の稲葉良通ぐらいなものだ。ほとんどが、出世して本陣の奥で指揮をとるか、隠居しているか、死んでいるか、一線をしりぞいている。

光秀自身は合戦そのものは大好きで、他人にどう思われようと知ったことではない。とはいえ、周囲で駆け回る将兵たちが自分の息子ぐらいの年齢だと、いろいろ感じるところはある。

「貴殿のお名前はかねがね存じ申し候！　拙者、朝倉左衛門尉義景家臣が弓衆、若杉伝兵衛に候！　尋常に勝負つかまつらん」

この若者は知らないが、朝倉義景の直臣がいるということは、朝倉義景もすぐそばにいるということでもある。光秀は朝倉義景とはもちろん面識がある。

「承知！」

「いざ！」

朝倉方の若杉伝兵衛が矢を放つのを見た瞬間、光秀は鉄砲の引き金を絞って発砲。すぐさま顔をふせると、光秀は自分の兜の頂点に衝撃を受けた。矢が命中し、兜がはねかえしたのだ。

光秀が顔をあげると、敵の若杉伝兵衛は倒れ、両脇をかかえられて退いてゆくのが見えた。若杉伝兵衛の弓の腕はいい。弓矢と銃弾の速さの違いがあるだけだった。

明智光秀は振り返って怒鳴った。

「木藤《きのとう》（木下藤吉郎秀吉）！」

「なんでゃーも！」

炎のあいまから秀吉の声がかえってくる。

「あとを頼む！　私は、朝倉義景に『とりあえず放火はやめろ』と言ってくる！」

殺されるぞ！　と秀吉が怒鳴りかえしてくるのを背にうけながら、光秀はひとりで朝倉義景の本陣にむかった。

浅井長政・朝倉義景来襲の報をうけ、織田信長はただちに撤収を決断した。

まず信長の重臣・柴田勝家が先遣隊を指揮。柴田隊と明智光秀隊は、まず京都二条の足利将軍御殿へと、そして木下秀吉隊が山科の鎮火へと向かった。

だが浅井・朝倉軍は洛外にとどまっていた。

このため柴田勝家は京都にとどまり、柴田勝家の命令で、光秀は転身。光秀は山科の木下隊の加勢に向かった。

浅井・朝倉軍は山科の里の家々に放火している。この時代、消火といえば家作を破壊して類焼を防ぐしか方法がないが、それには土木建築の知識は不可欠である。木下秀吉は織田家中屈指の土木建築の名手であって、木下隊が消火にあたるのは当然の人選だが、いかんせん、合戦の戦闘能力は絶望的に低い。明智隊が警護し、木下隊を消火に専念させるのが妥当な判断であった。

織田信長と足利義昭の大軍は、まだ大坂にいる。

「息災の模様で、何よりである」

三盛木瓜《みつもりもっこう》の旗印のもとで、朝倉義景は床几に腰をおろしたまま光秀に声をかけてきた。本陣といっても陣幕は張られていない。風向きによってときどき里に放火した火の粉がふりかかる。

「おかげをもちまして」

明智光秀は言葉をえらんだ。微妙な立場である。朝倉義景とはすでに君臣の関係ではない。織田信長の使者としてならば対決を告知する立場であり、足利義昭の使者としてならば密命をつたえる立場になる。光秀は織田信長の家臣であり、足利義昭の家臣でもある。もちろん、いまはそのどちらでもない。

「左衛門尉（朝倉義景）様がこれほどまでに本陣を前に進めなさるとは珍しい」

朝倉義景は足利義昭同様、武将というより政治の人である。陣中の奥深くに本陣をかまえ、人事と人材配置で合戦をきめる。金ケ崎の陣でも、姉川の合戦でも、義景自身は一乗谷城から動かなかった。

——なぜか——

「明智。そこもとが腰にくくりつけている瓢簞《ひょうたん》は、火薬や弾丸ではないのか」

朝倉義景は強引に話題をかえた。

——これで決まりだ——

朝倉義景は足利義昭の密命で動いている。そして、足利義昭の密命で動いていることを織田信長に知られたくない。そういうことだ。

明智光秀は、自分の甲冑の腰のあたりを、自分で叩いた。

「これは瓢簞ではなく早具《はやご》と申しましてな。細竹の筒に火薬と弾丸をあらかじめ詰めておき、鉄砲の弾丸こめを手早くするためのものでござる」

「そんなものを腰に多数くくりつけたまま、火のついた里の鎮火にあたって、もし火の粉をかぶったらどうなるか、わかっているのか」

「爆発して私の胴体が吹っ飛びますが、それがなにか」

「あいかわらず、痴《し》れた爺《じじい》よ」

朝倉義景は顔をしかめた。

——これが信長なら——

たわけた爺よ、と爆笑するだろう。朝倉義景は織田信長よりわずか一歳年上の当年三十八。若いくせに老練で、光秀はどうしても好きになれない主君だった。

「鉄砲とは、『種子島』と呼ばれるはるか以前からの付き合いでしてな」

元亀元年のこの時代でも、鉄砲は狩猟用が主であった。合戦の折りに随時、猟師たちが駆り出される程度にすぎなかった。

「ものごとには、すべて天が定めた時がある」

朝倉義景はまばたきひとつせずに続けた。

「時代を先取りしすぎると、なんの役にも立たぬ」

こういうところも、光秀とは合わないところではある。

「信長に伝えよ。京を浅井・朝倉に明け渡せ、と」

すなわち、浅井・朝倉は京都洛中は襲わない、という意味でもあった。

とりあえず、これ以上の放火は、ない。

翌日。

元亀元年九月二十三日（一五七〇年一〇月二二日）織田信長と足利義昭は摂津に展開していた織田全軍を、わずか一日で京都に戻した。

朝倉義景・浅井長政軍はこの時点で山科での火攻めを終了し、比叡山にのぼって山に籠もった。

織田信長は休む間もなく、翌日九月二十四日に比叡山山麓の近江坂本に出兵した。

山地攻めは兵が多数いても山で守る側が有利である。信長は無理押しを嫌い、山麓に軍を待機させるにとどめた。

この間、織田方の松永弾正久秀は大和国信貴山に退却。三好三人衆と摂津石山本願寺の門徒衆と対峙した。

つまりどういうことかというと。

織田全軍は西に東にふりまわされ、極限まで疲労していた、ということだ。

とりあえず順次休養をとることとなった。

明智光秀は九月二十六日に休養を命じられ、一旦京都の自宅に戻った。

ただし。

月があけた元亀元年十月一日（一五七〇年一〇月二九日）、三好三人衆の家臣で阿波国上桜城主・篠原長房が阿波国・讃岐国の将兵を率いて渡海してきた。三好三人衆と本願寺顕如の救援のため、摂津中島に上陸した。

元亀元年十月二日（一五七〇年一〇月三〇日）。近江横山城に詰めていた、木下秀吉と丹羽長秀が、軍をひきいて近江坂本城に参陣。また同日、徳川家康の加勢が近江に到着した。

要するに。

織田信長と、三好三人衆と四国軍・本願寺顕如・浅井長政・朝倉義景との——つまり足利義昭が結集させた連合軍との、総力戦の様相を呈しはじめていた。

ひとつ間違えば全員がたがいに潰れかねない、緊迫した状況のなか――

元亀元年十月三日（一五七〇年一〇月三一日）未明丑刻（午前三時ごろ）。比叡山延暦寺が炎上した。放火されたのだ。

延暦寺炎上をしらせる鉦の音が、京都じゅうに鳴りひびいた。

九　延暦寺炎上

元亀元年十月三日（一五七〇年一〇月三一日）未明丑刻（午前三時ごろ）。比叡山延暦寺が炎上した（有名な、織田信長の延暦寺焼き討ちはこの翌年）。

明智光秀はこのとき非番であった。

目と鼻の先である比叡山山麓・坂本では、浅井長政・朝倉義景連合軍と織田信長・徳川家康連合軍が睨みあい、これもまた目と鼻の先である大坂・大和では一向宗石山本願寺・三好三人衆・四国衆連合軍と織田信長・松永久秀連合軍が睨みあっている。

非番といっても、はやい話が「京都市中警備兼遊軍」という扱いで、戦局次第で西にも東にも向かわなければならない。眠るときも甲冑を枕元にそろえ、鎧下《よろいした》を着込んだまま横になった。ぜんぜん休んでいない。

自宅で眠っているとき、京都中の鉦が打ち鳴らされ、その騒動で光秀は目をさましてとび起き、縁側に出た。

「あれは」

比叡山延暦寺は、京に都がひらかれた際、鎮守《ちんじゅ》を目的として鬼門である丑寅《うしとら》の方角に置かれた。洛中からはどこにいても比叡山をながめることができる。そして比叡山の山腹に、火があがっているのがみえた。

「延暦寺が放火された」

光秀は舌打ちをしながら脛当てをくくりつけ、籠手に腕を通す。

「放火だとなぜわかるのです？」

妻・熙子が声をかけてきた。

「昨日は雨だ。失火ならここまで見えるほどの火にはならない」

光秀は空をみあげた。星はあかるい。雨はあがった。これなら鉄砲も使える。

「誰かある！」

胴火と火縄に燭台の火をうつし、弾薬を腰にくくりつけている間に光秀の雑人がとんできた。光秀は命じた。

「馬を引け！」

今日は織田信長は妙覚寺に、足利義昭は二条御殿に、それぞれ待機している。どちらを先に、何を報告すべきか、光秀の立場ではわからない。

延暦寺への放火はなにがしかの揺動か陽動だと考えるのが妥当である。何者かがやったにせよ――あるいは、火事には喧嘩と泥棒がついてまわるものなので、そちらか。どのみち京都の警護を命じられている光秀のやることはきまっている。

光秀は門前にとびだすと、引かれた馬にとびのりながら怒鳴った。

「明智十兵衛光秀、洛中不穏が案ぜられるゆえ、ただちに警邏いたす！」

天に向って鉄砲を放った。光秀の銃声が、夜空に鳴り響いた。

誰がやったか、何のためにやったのか、この時点では光秀にはわからない。何を真っ先にやるべきかも、光秀にはわからない。

とにかく、まずは京都に騒乱がおこるのを予防するのが先であった。


「恐《おそ》ぎゃーことになっとりますがや！」

光秀が手勢を連れ上京に向かう途上、木下秀吉がとんできた。

この時期の京都は相次ぐ戦乱とそれにともなう放火で、かなりの部分が焼失している。上京と下京はかろうじて残り、その間をつなぐように細々と通りがあって、あとはほとんどが麦畑という状態であった。

明智光秀は京都行政担当の村井貞勝に指示をあおぎ、上京の巡回に向かった。火縄をつけたままの鉄砲を二挺、馬の鞍にくくりつけ、徒歩の弾込め助手が二人。明智家中の者も上京に展開させた。

ほかにも雑人に松明《たいまつ》をもたせて同行させている。新月まもない時期で、丑刻は闇夜である。

「いかにも。市中の混乱を鎮めなきゃならん」

「そんなことを言っとらせんのや！　わかってくりゃーせ！」

松明のあかりでもわかるほど、木下秀吉の顔色が蒼い。

「何があった」

「延暦寺に火をつけた者がおるのや！」

「そんなことは見ればわかる。そこまで木藤《きのとう》が狼狽しているのはなぜだ」

「なぜもなにも、お寺に火をつけた奴がおるんやで！」

「ちょっと待て」

どうも、肝心のところで秀吉とは嚙み合っていないらしい。

「おまえが騒いでいるのは『寺に放火した奴がいるから』なのか？」

「ほかに何があるというのや！　こんなバチあたりなこと、あらすか！」

下剋上の戦国の世でも、五逆と呼ばれる最低限の倫理規定はあった。
一、父を殺すこと、二、母を殺すこと、三、高僧を殺すこと、四、僧の和合を破ること、五、仏体を傷つけること、の五つである。「父」のかわりに「主君」となることもある。
「そうは申すが、われらはいまもなお、一向宗の門跡・本願寺顕如と敵対しているだろうが」

「仏さんや寺には手をかけとらせんがや！」

いかにも、この時点でもなお、尾張・美濃・伊勢・近江など、織田信長の領地内では一向宗の寺は閉鎖されていないし禁教もされていない。石山本願寺と敵対しているが、信長は本願寺から討ちだした門徒衆には容赦はないが、本願寺の寺内には攻め込んでいなかった。

「たしかにそうだが、まだ私には木藤がそうも怒るのか、よくわからないのだが」

「仏さんもお寺も、大切にせんならんやろが！」

「なぜ？」

光秀には、木下秀吉の怒りが理解できない。

「朝倉義景と浅井長政は比叡山延暦寺に立てこもっている。朝倉義景も浅井長政もともに禅宗だし、朝倉義景は一向宗門跡・本願寺顕如の息子の舅だ。天台宗比叡山延暦寺とはなんの関係もない。延暦寺が織田に敵対しているのは、仏の教えとはまったく無関係で、ただの政治の問題だ」

政治の問題は、交渉で解決できなければ軍事で決着をつける。それが戦国の考えである。

「神さんや仏さんが居《お》らなんだら、わしは草履とりからここまでになっとらせんでしょーが！」

「神や仏がいるのなら、私はもうちょっと早くなんとかなっている」

光秀は即答した。秀吉の感覚が、より一般的なものではある。

「それより明智様、こんなところで何をやっとらっせる」

「見ての通りだ」

「本職の盗人は縁起をかつぐのや。延暦寺の火付けに便乗するような火事場盗人は素人や。洛中の玄人の盗人衆には、素人の盗人に目を光らせるように言うてある」

いろんなところに人脈を持つ男である。

「禅宗の武将なら、仏体に頓着はせえへんが、あえてやることはあらせんですわな」

禅宗は「仏像は石か木の像で、それ自体は仏ではない」という考えではある。ただし仏像や仏閣を尊重はする。足利義昭の二条御殿の石垣は石仏を割ったものを多用しているが、信長の命令で必要に迫られたから、だ。

「となると、延暦寺に火をつけたのは、一向門徒衆か、さもなければ、禅宗に帰依しとる偉い武将――」

禅宗の偉い武将、といったら織田信長である。

「御屋形が――」

「ほかにもようけおるがや。松永久秀は東大寺に放火しとる。大物の武将が動いとるんなら、手勢で洛中を警護しても手が足らせん。下手人が一向門徒衆なら理屈は通るけど、近江坂本近在の一向寺院に動きはあらせん」

あいかわらず木下秀吉の動きは早い。

「どちらにしても明智様だけで洛中警護をするよりも、もっと重要なことがある。上様(足利義昭)のところには、行きゃーしたか」

「まだだ」

「それなら、いますぐ、わしと妙覚寺へ行ってくりゃーすか。とにかくまず、御屋形のところに飛んでゆくのや」

なぜ、と光秀がたずねる前に秀吉がつづけた。

「いちばん怪しいのは上様や。ほっとくと御屋形が思い込みだけで上様を討ってしまうがや！」

それは、誰にとっても、とても困る。

「どこの阿呆が、こんなめんどくさいことをやりおった」

妙覚寺の縁側で、織田信長が寝巻き姿で、庭で平伏している光秀と秀吉に、静かに口をとがらせていった。

信長は、激怒を演じる癖がある。光秀が信長のそばについて二年ほどしか経たないが、これほど喜怒哀楽の表情の激しい国主は見たことがない。けれども、本当に感情だけで行動するような主君では戦国を生き抜けない。織田信長は、光秀が会ってきた戦国武将のなかでは、おそらく最高の役者である。

だからこそ断言できる。

信長は、本当に心底から怒っている。

「御屋形、めんどくさいとか、そんな事をいっとる場合やあらせんのや！」

秀吉が信長に声を荒らげた。

――信長を面と向かって怒鳴りつけられる奴がいるのか――

しかも、秀吉である。

「めんどくさいことには違いなかろうが」

信長は、顔をしかめた。

「俺が木下に叱られるぐらいだから、世間のおおかたは、比叡山に保護されている浅井長政・朝倉義景をいぶし出すために、俺が放火させたと思い込むわな」

「御屋形やないという証左は、どこにあるのや！」

「俺ならこんな中途半端なことはやらぬ」

信長は顎で比叡山をしめした。

「俺なら、火事の炎のあかりで京都の街なかが昼間かとおもわせるほど、焼いて焼いて焼きつくし、坊主という坊主はことごとくぶっ殺す」

信長はさらりと続けた。袴の膝についた埃《ほこり》を払い落とすような、「やってあたりまえで、なぜやらんのだ」とでもいうような口調だったことに、光秀は、ざわ、と全身の肌が粟立つのがわかった。

――この男なら、やると決めたら、そこまでやる――

家督相続の際、同母弟を暗殺し、生母を追放した男である。主君の主君である尾張守護斯《し》波《ば》氏を追放し、主君筋の織田氏も根絶やしにして尾張を独占した。領民や京都の町びとからの人気は絶大だが、信長の行動は陰惨さと常軌を逸した執念深さが裏についている。光秀は、内心ふるえあがった。自分の息子ほどの若者（といっても三十七歳の中年だが）だというのに、だ。

「いかにも」

「それならなぜ御屋形は比叡山に火をつけて浅井・朝倉をいぶし出さんのや！」

「いまやらにゃならんことか」

信長がいうと、秀吉は黙った。信長は続けた。

「優先順位を考えろ。くっそ忙しいときには、重要なものと簡単に片付くものからにしているだろうが」

織田信長は、優先順位に細心の注意を払う男でもある。

元亀元年のこの時期、織田の領地はきわめていびつな形をしている。

信長は、尾張と美濃を押さえると、ただちに脇目もふらず真っ先に京都の制圧にとりかかった。

このころ「天下」とは京都のことを指した。「天下人」とは「京都を制圧した人」と同義語で、京都を制したものが天下を制したことを意味する。織田信長よりも大所帯の戦国武将はいたし、信長よりも経済力や軍事力でまさる戦国武将はいくらでもいた。信長が名を高めているのは、なによりも、すべてに優先して京都を制圧したからである。

ただし。

そのため、尾張・美濃・伊勢の三カ国から、虎の尾のように細長くたよりなく京都への経路がのびている形となっていた。

いうまでもなくこの虎の尾のような変則的な領地が信長の最大の弱点でもある。経路である南近江、虎の尾の先である京都・大坂を、浅井長政・朝倉義景・三好三人衆・四国衆・本願寺顕如・六角義賢（旧・南近江の国主。信長の上洛時に抵抗したために追放され、現在は南近江に潜伏して、非正規戦・ゲリラ戦で信長に対抗中。狙撃手を雇って織田信長を狙撃したこともある）たちが、寄ってたかって踏んで踏んで踏みまくっているのが現状である。

「天台宗は織田の家中にはそう多くない。一向門徒はやたらに多い。ただしどちらも仏門だ。どちらかを叩いてつるまれても鬱陶しい――光秀」

「なんなりと」

「上様には『仏門に手を触れるな』と釘をさしておけ。ただし、上様が陰で糸を引いているかはどうかは確かめるな」

「なにゆえ」

「上様が『余がやった』と仰せになったら、殺すことになる。俺は上様とは君臣の関係にはない」

「御意」

「上様を追い落とすかどうか、俺は決断しかねているしな。あの御仁は、鬱陶しい男だが、使えることは確かだ。それに――」

「それに？」

「無茶をする阿呆は、やはり面白い」

織田信長は、かぶき者を好む。

「人は疲れているとき、真っ先に鈍るのが決断である」

足利義昭は二条御殿の庭先で、光秀の報告を受けて即座にこたえた。木下秀吉は離脱し、現状確認のために比叡山延暦寺山麓・近江坂本に戻っている。

足利義昭の顔にざまあみろと書いてある。

「信長が音をあげるまで、もう一息であるな」

「音をあげさせて、いかがなさるおつもりでございますか」

光秀がたずねると、足利義昭は、すこし顔をしかめた。言い返されることに慣れていないし、面白がってもいない。同じ主君でも、信長とはそこが違う。

「日本の国を、征夷大将軍の意のままに動かす」

「それならば、いまと変わらぬのではございますまいか」

「どこが」

足利義昭は自前の兵はほとんどなく、自分の領地もほとんど持たず、家臣への俸禄・給与のたぐいは、諸国諸将からねだった献上品と織田信長の肩代わりでなんとかしている。

いわば足利義昭は身ひとつで、こまめな書状と「征夷大将軍」という肩書だけで、諸国諸将を動かしているのだ。おなじ身ひとつの光秀が、ほとんど誰にも尊敬されることもおそれられることもなく、身ひとつのまま戦場と京都の治安経営の現場で、ちまちまと駆けずりまわっているのに比べると、格段の差ができてしまっている。

――元をただせば私と苦楽をともにしてきたはずだというのに――

ここまで出世して、まだ不足だというのか。……いやまあ、いつの間にか義昭が雲の上の人になっていることを、ねたむ気持ちもおおきいが。

「明智に言われると、父君に説教を垂れられた気分になって不快である」

まあ、無意識のうちに説教になっているかもしれないが。年をとるというのは、そういうことでもある。

「余は余なりに決着をつけておる」

下がれ、と、義昭は言い捨てた。

どんな決着が待っているか。

騒乱という決着であった。

延暦寺への放火は十月三日、四日と燃えつづけ、五日の未明、丑下刻（午前三時ごろ）にようやく鎮火した。

けれども、摂津中島に上陸した四国衆が三好三人衆と本願寺顕如と合力して織田方の摂津高屋城を襲撃した。

それだけではない。

比叡山延暦寺が鎮火して間もない十月七日、土一揆衆が下京の商家を襲撃した。

土一揆とは、首謀者不明の武装集団のことである。戦国のこととて、その装備は正規の軍とかわらない。

はやい話が、軍備が万全な強盗集団である。

明智光秀に、休む間は、ない。

十　土一揆

元亀元年十月七日（一五七〇年一一月四日）子刻（午前零時ごろ）。

木下藤吉郎は真っ青になって明智光秀の自宅に、「野盗衆が『六条河原に結集して土一揆を起こす』といってきたがや！」と通報しにとんできた。

「盗賊には盗賊の仁義と義理があるのや」

「どんな義理だ」

「比叡山の放火と違い、今回は玄人筋が動くのや」

あいかわらず木下秀吉は耳が早い。

「そこに何の義理がある」

「盗人にも三分の理、捕吏（警察）にも五分の無理、という奴で――」

京都市中の治安担当に、玄人の盗人が恨みつらみがあるのはわかる。織田信長は京都の治安にきわめて厳しく、一銭の窃盗や道をあるく婦女子をからかうことを厳禁し、しかも罰則は即断で厳罰である。

とはいえ、盗賊が日頃の鬱憤を晴らすのには、時宜が絶妙すぎた。

「誰か、野盗を煽った奴がいるんだな」

織田が近江坂本から身動きがとれないことを知る者は少ない。野盗を防止するために、洛中警察の動きは極秘扱いにしているはずなのだが。

「今回は頭目がおらせんので止めることができせん」

「『義理と仁義』の説明にはなっていないが」

「野盗衆が言うには、『いろいろ義理があって、押し込み強盗と一揆をやめるわけにはゆかぬ』と。わしとて連中からすれば捕吏の側や。できることは多くはあらせん」

「それで」

「『放火と誘拐と強姦は厳禁するかわり、略奪は目をつぶる』と」

くそったれが、と、光秀は舌打ちした。

「盗まれたものは、わしが買いもどします。連中がほしいのは『京を荒らした』という実績だけや」

「もう一度たしかめる。連中を煽ったのはだれだ」

「そんなことよりも大切なことを忘れとりゃーす」

秀吉は顔をしかめた。

「今回の土一揆には頭目がおらせん。わしとの約定を守らせる、力が要るのや」

ということで、光秀が六条で迎撃することになった。

同日丑刻、六条河原町、古物商琉球屋の土蔵の屋根の上。

土一揆衆は手に手に松明をもち、洛中に押し寄せてくるのが知れた。

光秀は屋根から土一揆衆にむけて怒鳴った。

「私は、足利義昭将軍が直参にして、将軍後見人織田信長が家臣、六条合戦で三好三人衆をたたきのめした、濃州土岐源氏明智十兵衛光秀である。わが武名を知らざる者がおりせば前に出よ！」

土一揆衆はそれには応えず、まずは焙烙火矢を投げてきた。夜といっても焙烙火矢は点火して投擲《とうてき》する。空中で狙い撃ちして鉄砲で爆破するのは、光秀の腕では難しいことではない。

土一揆衆が投擲してきた焙烙火矢を三発、続けざまに光秀が空中で撃ち爆破したところで、一揆衆がひるむ気配をみせた。

明智光秀がひきいる織田の京都警護勢は合計五十。秀吉によれば、対する土一揆衆は鴨川対岸の六条河原に二千だという。

この戦力差は、光秀はやたらに経験がある。土一揆衆は、はやい話が強盗・盗賊のたぐいのことで、光秀の六条合戦でのたたかいぶりは知っている。

遅咲きの戦国武将・明智光秀は、自分が報われたい形では報われず、知ってもらいたい相手には無名だが、こういう荒っぽい連中にはよく知られ、勝っても領地の足しにもならない戦いには強い。

ただし、今回は援軍は来ない。

「明智様、もういっちょ！」

木下秀吉が光秀の脇で、弾込めをすませた火縄銃を二挺、光秀に手渡しながら続けた。

「もういっちょも何も、連中が動かなければ何もできぬぞ」

言い終える間もなく、鴨川を渡った一揆衆の軍勢のなかから、導火線に点火された焙烙火矢が、放物線を描いて光秀のいる屋根にとんできた。

「ほれ」

光秀は手にした銃を秀吉に手渡し、飛んできた焙烙火矢を両手で受け止めた。

焙烙火矢は、導火線の火が本体にとどくか、陶製の本体が割れて導火線の火が中の火薬に引火して爆発する。蹴鞠《けまり》を手で受け止める要領でとればなんとかなる。

「受け取れ！」

光秀は受け止めた焙烙火矢を、一揆衆に向けて投げ返す。焙烙火矢の導火線の火が虚空に戻るや、光秀は間髪入れずに鉄砲を手にとり、一揆衆の群れの頭上あたりに焙烙火矢が達したところで鉄砲の引き金を絞る。

光秀の狙った弾丸が一揆衆の頭上に投げ返した焙烙火矢に命中した。焙烙火矢は一揆衆の頭上の空中で爆発し、一揆衆は身を伏せた。

「一同に申し置く！　私、明智十兵衛光秀の鉄砲の腕は、見ての通りだ！」

――本当に、こんな脅しが通用するのか？――

しょせんその場しのぎのものでしかない。

織田信長の主力二万は、比叡山山麓で、浅井長政・朝倉義景と睨み合っていて身動きがとれない。

信長からは「自分でなんとかせよ」という命令なのだ。

一揆衆のなかから怒鳴る者があった。

「その一挺の鉄砲で京の街を守れるつもりか！」

みれば素肌の上に腹巻（腹部に当てる簡易防具）と籠手、脛当てだけの、下帯まるだしの半裸である。土一揆衆たちは自分たちを松明で煌々《こうこう》と照らしていた。

光秀からの距離はおよそ二十間（約三六メートル）。射殺するのはたやすい距離で、言い放った盗賊も、死を恐れてはいまい。

――できるかな――

明智光秀は引き金を絞った。

銃声とともに光秀のはなった銃弾は、怒鳴った盗賊の下帯の脇褌《わきみつ》をかすめて断ち切った。

盗賊の下帯が、はらりと落ちた。

おう、というどよめきが、盗賊衆と織田方の京都警護勢の双方からおこった。

「タマは二個でも玉袋はひとつだ！」

――品がねえよなあ――

とは思うが、そうも言ってはいられない。男にとって、命よりも股間のほうが大切だということはけっこうある。

「私は殺さぬ！　生きて苦しめ！」

土一揆衆の、ひるむ気配が知れた。五十対二千どころか、一対二千の交渉で、しかも交渉相手がわからないとなれば、あとは気合とはったりのきくほうが勝つ。運まかせのサイコロ博打というより、顔色と気合を読み合う手本引《てほんび》きといったところか。

――博打にいれあげておいてよかった――

人生、何が役立つかわからない。

「委細は織田の奉行、木下藤吉郎が申した通りである！」

京の商人たちの手間、「略奪には目をつむる」とはいえない。

「放火・強姦・誘拐をなさんとする者は、その場で股間を撃ち抜く！」

光秀の射撃の腕を見せつけた効果は圧倒的であった。荒くれ者は、死ぬのは怖くないが生きて股間が役立たなくなるのは怖い。このとき土一揆衆はいったん退いた。

ただし脅されて引き下がったのでは土一揆内での統制がとれない模様で、四日後の十月十一日に再び土一揆が発生した。

このときは木下秀吉から情報が流れてきた。

とはいえ織田は手一杯である。この時点で京坂に織田に敵対するのは、
一、敵対を表明した大坂石山本願寺とこれに同調して大坂に上陸した三好三人衆、

二、近江国坂本城に陣取りいつ洛中に突入してもおかしくない浅井長政と朝倉義景の連合軍、

三、敗走後も勢力を保ったまま地下にもぐり南近江の陸送経路の寸断を図る六角承禎、

といったところだ。とても洛中の土一揆程度に人員を割ける余裕などない。——むしろ「これほど敵に囲まれていても織田信長がまだもちこたえている」ほうがすごいが。

結局、光秀と秀吉の仲介で、土一揆衆に京都・北白川まで略奪させることで手を打った。もちろん放火は厳禁させた。土一揆衆は十月十一日、十九日の二度、北白川と東山まで略奪して撤収した。

そして。

比叡山に立て籠もる、朝倉義景と浅井長政は、まだ動く気配をみせない。

十一　信長の屈服

元亀元年十一月二十六日（一五七〇年一二月二三日）早朝、京都。明智光秀邸。

この日、光秀の長男・十五郎が初めて立った。

数え年二歳、満年齢で一歳をいくらか過ぎた。いまだにつかまり立ちだけで歩けず、生育の遅さに光秀も熙子も気をもんだ。今年、熙子は四十一歳。光秀五十五歳。光秀はともかく、熙子は戦国では超高齢出産である。それでなくとも人間の幼年期死亡率は高い。

ただ、幸いなことに織田からの俸禄があって収入が安定し、かろうじて乳母が雇えるのは助かった。乳母は光秀たちに「男の子は育ちが遅いので、気に病むことはありませんよ」と言ってくれるのだが、それでも落ち着かないことにはかわりはない。

それ以上に、子供がひとりで立つ場を見られたことが、光秀には嬉しかった。娘たちのときは生活に追われ、見てやる心の余裕がなかった。

元亀にはいって以来、京都の世情が安定しない。妻子を岐阜に住まわせれば当座は安全だが、それは光秀が織田信長につくことを意味していた。足利義昭と織田信長の双方をみている立場としては、織田信長は主君として仰ぐにはいかにも安定性を欠いている。気が合って面白い男ではあるのだが。

そんな朝。

朝倉義景・浅井長政連合軍が比叡山をおり、南近江・堅田砦を襲った。堅田砦は即座に陥落した、との第一報がはいった。

「いちおう、何があってもすぐに京を脱出できるように、荷物をまとめておきなさい」

光秀が熙子につたえると、

「あなたこそ、わたしを言い訳になさらぬように」

なんの言い訳だ、とたずねる前に、熙子が続けた。

「誰にも荒らさせはしません。わたしの戦場《いくさば》は、ここです」

「そう言ってもらえると助かる」

「お間違えのないように」

熙子は十五郎を抱きしめながらこたえた。

「『誰にも』のなかには、あなたも含まれます」

いろいろある。


ともあれ。

いつでも出陣できるようにしておかなければならない。諸方に使いを走らせて連絡を待つ。

籠手に腕を通し、臑当てをあてていると、間髪をいれぬ勢いで、真っ先に木下秀吉が飛び込んできた。

「堅田が落ちて坂井右近（政尚）様が討ち死にしやーしたっ！」

「聞いている」

坂井政尚と木下秀吉は、ともに姉川の合戦で戦い、ともに浅井長政の軍と正面でぶつかって蹴散らされ、織田を危機に陥らせた。坂井政尚が先に崩れていなければ木下秀吉は織田危急の責任をとらされかねなかった。坂井政尚にとっては胸糞わるい話ではあろうが、坂井政尚はある意味、木下秀吉の恩人ではある。気遣いが服着てあるいているような木下秀吉のこととて、坂井の動静に敏感なのは当然ではある。

「市中行政は村井貞勝様にまかせ、私たちは合戦にそなえる。木下、土一揆衆が浅井・朝倉の堅田攻めに連動しやがる様子はあるか」

——光秀は焦るあまりに口調に地が出た。

木下秀吉は裏の社会にも顔が広い。先日、朝倉・浅井と連動して発生した土一揆も、ひきいた野盗集団と交渉して、最小限の略奪ですませた。

「もちろん当たっとります。土一揆衆はこのあいだ荒らし回ったんで当分動かーせん。根こそぎ刈り取ったら、刈り取るものが無《の》うなって、自分たちの首を絞めるのは連中がいちばん良《よ》う知っとる。そんなことより、恐ぎゃーことがあるのや」

木下秀吉の、顔がこわばっている。

「何があった」

「御屋形が来《こ》ゃーすのや」

織田信長は近江坂本の陣中にいて、比叡山に布陣する、浅井長政・朝倉義景連合軍と対峙していた。

「そんなことは当たり前だろうが」

「『いますぐ上洛するゆえ、上様に首を洗って待っておれ』と伝えよ、ちゅうことで」

「それも当たり前で、いつものことだろうが。いまさら驚くことでもない」

「御屋形が、あらかじめどこに行くか、わしらに伝えたことは何度ありゃーす」

「言われてみれば——」

明智光秀は絶句した。

織田信長は事前に予定を告げることは滅多にない。

ある日突然動き、馬廻衆があわてて追いかけて伝令を四方に発してついてくる。合戦での行軍でも行軍の中心に居続けることは滅多になく、合戦の最中でも不意に本陣から抜け出して前線にあらわれる。

神出鬼没というと聞こえがいいが、早い話が、情報漏洩の防止と暗殺の予防である。家督相続をしたときから織田信長は謀反と暗殺を計画されまくった。行動が事前に把握できなければ、暗殺や謀反は計画を立てるのが困難で、実際、信長は謀反や暗殺を防いできた。

織田信長は、そこまで追い詰められているのだ。

足利義昭二条御殿表座敷。

「どこまで俺の重臣を戦死させれば気がすむのかっ！」

織田信長が、顔面に血をのぼらせて乗り込んできた。「俺が上様をぶっ殺しそうになったら光秀が力ずくで俺をとめろ」と言って明智光秀以外に席を外させた。

坂井政尚は、柴田勝家・蜂屋頼隆・森可成と班を組んで京都政務にもあたっていた。京都政務にあたっているもうひとつの班は丹羽長秀・木下秀吉・明智光秀・中川重政の班で、班の構成員をみれば、それぞれの組の役割の差は歴然としている。光秀のいる班は市中警察と治安維持が主任務。柴田勝家が主任の班は軍・合戦規模の京都警備が主任務である。

この、柴田勝家班のうち、織田信長はすでに森可成を失い、そして今回の堅田砦の攻防で坂井政尚を失った。

乗り込んできた、織田信長の顔が赤い。目が血走っていた。信長は表情を演技する。たいていは表情と本心が異なる。そのために光秀は木下秀吉に信長の本心を確かめることが多いのだが、今回は心底怒っているようにみえる。直前の木下秀吉のおびえっぷりを光秀は思い出した。

「怒鳴りつければ、余がおびえると思うか」

足利義昭は脇息《きょうそく》に肘《ひじ》をあずけたまま、たんたんとこたえた。

「信長よ、いくさに命をかけているのは自分だけだと思うな」

「陣の奥でこっそりと密書をとばしまくることを――」

「名もなき軍事というのだ」

足利義昭が間髪いれずに告げた。織田信長の言葉を途中で遮ることができるのは、征夷大将軍ただひとりである。

「余が戦《たたこ》うておらぬと思っているのか」

「この――」

光秀は、すこし腰を浮かせた。

信長の、怒りの具合が尋常ではない。織田信長は喜怒哀楽の落差が極端なようにみえて実は冷静で忍耐強くて執念深い。ただ、いくら衝動にかられないといっても程度はあるのだ。

足利義昭が、織田信長という龍の逆鱗《げきりん》に、触れるどころか全力で踏みつけていることだけは間違いない。信長が万一の行動をとったら、織田のためにも、足利義昭のためにも、信長を怪我させずにとりおさえなければならない。

「信長、難しいことは言わぬ」

これが、いくさならば足利義昭の圧勝である。あとは、いくさをどうおさめるか。

「余に頭を一度さげ、『頼む』とひとこと申すだけで済むのだ」

足利義昭は、和睦の名手であった。

織田信長に頭を下げさせたあとの、足利義昭の行動は早かった。

元亀元年十一月二十八日（一五七〇年一二月二五日）、足利義昭は延暦寺山麓の三井寺に足を運び、織田信長と朝倉義景・浅井長政連合軍との和睦を仲介。

十二月十三日（一五七一年一月八日）に朝倉・浅井は受諾し、織田側と人質を交換。

十二月十四日（一五七一年一月九日）、まず織田軍が近江国永原まで兵を退いた。この日は晴天ながらときどき降雪していた。織田にとっては、東西交通路が雪で遅延を強いられずにすむ、ぎりぎりの時期であった。

十二月十五日（一五七一年一月一〇日）、朝倉義景・浅井長政連合軍が比叡山を下り、越前に帰った。浅井長政は湖北の小谷城に帰還。朝倉義景は豪雪に閉ざされる直前で、こちらも雪に退路を断たれる前に帰還できた。

十二月十七日（一五七一年一月一二日）、織田信長は岐阜に帰還し、徳川家康へ、援兵を謝した。徳川家康は元亀元年の一年の間に、越前攻め（金ケ崎の戦い）、姉川の合戦、志賀の陣の三度の援軍を派遣している。

元亀元年十二月二十日（一五七一年一月一五日）、京都二条御殿・本丸表座敷。明智光秀は織田信長が無事岐阜に帰還したのを、足利義昭へと報告にあがった。

「信長が、ああも素直に頭を下げるとは、慮外《りよがい》であったのう」

足利義昭は得意満面、というよりも、むしろ淡々とした表情でこたえた。

「信長殿はああみえて、市中の者には腰が低い御仁にございますれば」

「それは意外な」

信長は傲岸不遜で尊大な印象があるが、若いときから近在の農家の餓鬼と泥まみれになって遊んだせいか、庶民の人心の掌握がうまい。

光秀を相手にするときも、役務にからんだ話をするときは厳しい物言いをするが、隠密で京都市中を視察するとき（信長はけっこう不意にやりやがるので、京都行政にたずさわる身としては気が気ではないが）、宿の厨房の上がりかまちに腰掛け、店の者から水や握り飯を受け取ると、「忙しいときに、無理を申してすまぬな」と気さくに頭を下げる。

織田信長は、庶民に見せる顔と、近臣に見せる顔が、まったく違う。

いずれにせよ、織田はただ一方的に痛めつけられ、さりとて浅井・朝倉も「大勝」にはほど遠い。勝者が判然としない「志賀の陣」では、ただただ軍資金が戦地に垂れ流されるばかりであった。もちろん放流された軍資金は、金策上手の木下秀吉の懐に入るわけだが。

「此度《こたび》の陣で得《とく》をしたのは、木下秀吉ばかりでございまする」

「誰だ？　それは」

光秀は一瞬、義昭の反応そのものが理解できなかった。——が、気がついた。木下秀吉は織田では丹羽・柴田・佐久間・林に次ぐ重臣の位置につき、京都の行政官として手腕を振っている。しかし木下秀吉の担当は主として京都市中の警察業務と徴税である。義昭には木下秀吉の存在が、眼中にないか、ないものとして扱いたいか、ということである。

「それにつけても」

足利義昭は虚空を見上げ、深くため息をついた。光秀のことも、すでに眼中にない。

「天下を動かすことと、総大将が命からがら逃げ出すことの、両方はやったが、その中間の、みずから軍を差配したのは、一度きりだのう」

まあ、義昭が嘆息する通り、この意味では足利義昭は特異な武将ではある。


同じ日。

京都市中村井貞勝役宅。

京都の市中行政を総括する明智光秀と木下秀吉が膨大な決裁書類に片っ端から署名をしていった。なにせ人事考課と本領安堵（領地の権利書・戦果の評価に直結する）にかかわる種類の書類なので、他の人間の目の届かないところでやらなければならない。

合戦で決着がつくと、現場はこうした雑務に追われる。明智光秀の組は丹羽長秀が統括しているのだが、丹羽は南近江路上にある佐和山城攻略に専念して手が離せない。朝倉・浅井との戦後処理がおわれば、明智光秀や木下秀吉にも佐和山城攻略の命令が下ることになる。

京都市中行政総括の村井貞勝は、決裁済みの書類から数字を抜き出して合算する作業に入った。算盤は輸入されてまだ間がなく、珠算が特殊技能の時代である。織田信長はああみえて数字には詳しくかつ細かい。信長の要求にこたえるためには、検算も行政官僚として重要な仕事であった。

つまり何を言いたいかというと。

明智光秀と木下秀吉は、いま、二人きりで、上司も部下もいない場にいる、ということである。しかも仕事は上申された書類にひたすら名前と花押を書き込むだけの単調作業である。筆先は忙しくとも、頭と口は暇でひまでヒマをぶっこいているのはあたりまえであった。

「――もし、わしが」

「木下が?」

「上様の立場だったなら」

「なら?」

「和睦と本領安堵と金策だけで、あっという間に天下をとったるのやが、なあ」

光秀は、署名する筆の手をとめ秀吉をみた。その表情の真剣ぶりに、おぼえず光秀は吹き出した。

――そんなことが、できるわけがないではないか――

口に出すまでもないほどの絵空事であった。

秀吉がまとめあげた和睦交渉は多い。

また、木下秀吉は「黄金の指」を持っていた。どんなものでも、秀吉の手にかかるとたちまち金《かね》に換わる。織田が合戦地に落とした金は、秀吉によってあらゆる手法で回収される。ただし秀吉は稼いだ金を手元に置かず、軍資金に困っている部下や同僚や庶民にどんどん回した。借用書などは一切とらないし、織田方でありさえすれば、どんな家中でもかまわず金を工面した。

それでも。

草履とりの雑人から、丹羽・柴田・佐久間・林に次ぐ地位まで登るのは、奇跡である。

「奇跡は、そう何度も起こらぬぞ」

「そんなことは、わからーせんでしょうが」

「なあ、木下」

そういえば光秀は、おおむね今の秀吉ぐらいの年齢に、長良川の合戦で一発逆転をねらって斎藤道三について敗北し、流浪の生活が始まったのだ。

「私の『もし』を聞きたいか？」

今度は、木下秀吉の筆が、止まった。

もしあのとき、ならば、光秀のほうが話のネタははるかに多い。

いずれにせよ。

織田信長は、朝倉義景・浅井長政とのせめぎあい「志賀の陣」で、目の前の緊急自体を乗り切った。

けれども、根本的な問題は、ほとんど解決していない。

石山本願寺の顕如は信長と敵対したまま。越前・朝倉義景は春になれば、また来襲してくるだろう。

北近江浅井長政は小谷城に帰還した。小谷城は岐阜・京都への経路上にある。織田の物流をいつでも分断できる状態を保っている。

伊勢長島一向一揆は、いったん兵を長島の輪中《わじゅう》内に退いた。これも、いつ攻めだしてくるかはわからない。

比叡山延暦寺は地勢的に京都の脅威であることを示した。ここに織田に敵対する者が陣取ると、信長は手も足もでないことが判明した。

ただし。

これら同時多発した問題は、先送りできた。ひとつずつ片付けることが可能になったのだ。

参章　槇島

一　膠着

元亀四年（天正元年・一五七三年）正月。近江坂本城本丸櫓上。

明智光秀は、城主になっていた。数え年五十八歳である。

坂本城の本丸御殿が建ち上がった。近江坂本城は、元は琵琶湖水軍と比叡山延暦寺に対抗するための砦で、もともと合戦用につくられている。本丸の丸太組の物見櫓は、森可成（蘭丸の父。朝倉義景らとの戦いで戦死）が城番を命じられた当時に設営されたものだ。

竹の水筒に湯を詰めて襤褸《ぼろ》に包んで抱えて寝転がると、眼下に琵琶湖の水面がひろがって心地よい。真冬であっても、だ。

櫓の欄干にもたれ、うたた寝をしていると、

「気持ちよさげで居《い》りゃーすなあ」

木下秀吉が梯子をのぼってきた。

「さすがは城主様や」

「『遅咲きの』とアタマにつくがな」

明智光秀は、織田の出頭人《しゅっとうにん》（西美濃・稲葉一鉄や大和信貴山・松永久秀のような、既存の城主が恭順したものではなく、信長がみずから引き上げた人物）のなかでは、おそらく最もはやく城主になった。柴田勝家や丹羽長秀よりも、である。

志賀の陣での危機を乗り切ったあとも、織田はすべてに対し、膠着していた。やることなすこと、ことごとく裏目に出る一方、まったくうまくゆかないか、というと、そこまででもない。中途半端な結果が続いている、といったところか。

元亀二年（一五七一年）五月、織田信長は五万の大軍を伊勢長島に派遣して一向一揆の制圧に向かった。このとき織田は撤収時に一向一揆軍の伏兵に攻撃された。柴田勝家が負傷し、氏家卜全《ぼくぜん》が戦死するという、大惨敗に終わった。

一向一揆側は圧倒的に有利に立ったものの、織田の領内にある一向宗寺院は一向宗の本山・摂津石山・本願寺顕如の「信長に抵抗せよ」という命令には従う様子をみせなかった。一向門徒は、本尊である阿弥陀如来につかえているのであって、顕如につかえているわけではない。信長は、そのことをよく知っていた。

元亀二年（一五七一年）九月、織田信長は比叡山延暦寺に放火、城塞拠点を破壊した。これは織田信長の決断の大失敗であった。

信長が比叡山延暦寺の焼き討ちを決断した理由は、もちろん比叡山の軍事的問題があったからだ。再び朝倉義景・浅井長政の大軍に駐留されては、信長はたまったものではない。

　また、延暦寺の焼き討ちにかかわる宗教的対抗も、さほどではない、という読みがあった。延暦寺を本山とする天台宗は、一向宗に比べて門徒数が圧倒的に少ない。また、比叡山には僧侶たちが囲った女たちが居住しているのは公然の事実であった。破戒行為をする僧侶は尊重されない（一向宗は肉食妻帯を許されている。一向宗門跡・本願寺顕如に妻子がいることは、宗旨にそむいていないのだ）。

　仏体を傷つけたり寺に放火するのを嫌うことは多いが、信長自身は禅宗で「仏は木または石であって、そこに仏が宿るのではない」という考えである。足利義昭の居城を急造したとき、石垣の石材が不足して、近在の石仏を割って石垣に使った。その件について、信長を非難する声はあがっていなかった。

　何より、この前年の元亀元年（一五七〇年）十月、延暦寺は放火された「実績」がある。そのときの火は京都市中のどこからも見られたが、反感はさしたるものではなかった。このため、織田信長は元亀二年九月に比叡山の焼き討ちを決断した。

　主力は明智光秀と木下秀吉がになった。

　明智光秀が命じられたのは越前で一向一揆を相手に戦った経験がある――けれども、それ以上に、なにがしかの仏罰とこじつけられるような異変が発生した場合の「捨て駒」だからであった。

　木下秀吉は、ああみえていつも小ぶりの仏像を懐中に忍ばせている篤信家ゆえに、信心と織田への忠誠を秤《はかり》にかけられた、といったところか。

朝倉義景・浅井長政が退去したあとの延暦寺は、攻略するだけなら、戦術的には決して難しいものではなかった。比叡山の周囲をとりかこみ、堂宇をひとつずつ焼いて破却するだけのことであった。かつて白河法皇をして「賀茂川の水、双六の賽《さい》、山法師、これぞ我が心にかなはむもの」と言わしめた延暦寺の僧兵も、織田の物量と近代兵力の前では非力であった。

ただし。

織田信長の決断の最大の誤りは、京都市中の比叡山への想いを過小評価しすぎたことであった。京都市中から強烈な反発を受けたのだ。明智光秀が把握しただけでも、かなりの流言飛語が京都市中をかけめぐった。戦闘の性格上、僧侶の妻子や抵抗する僧侶をやむなく討つのは避けられないが、「進んで僧侶や女子供を捕縛して首をはねた」と言いふらされたのには閉口した。まったくやっていないわけではないのと、戦略上の理由から、建造物にはことごとく放火して破却したのは事実なので、迂闊な言い訳はきかない。

京都の庶民の反発は、近在の大名よりも領民の心証に気を配る信長には痛かった。

元亀三年（一五七二年）七月、織田信長は、足利義昭の勧めにより、越後国・上杉謙信と甲斐・信濃・駿河の武田信玄の和睦に成功した。越後の上杉謙信が越前攻めに専念することで、越前の朝倉義景を足止めさせて北近江の浅井長政と分断させるためである。

だがこれは裏目に出た。

同年秋、上杉謙信と和睦したことで信玄の後顧の憂いはなくなった。武田信玄は東海道経由で西上を開始したのだ。

元亀三年十二月、武田信玄は三河国・三方ヶ原で、織田信長の同盟者・徳川家康軍を一蹴した。

その合戦巧者ぶりは、徳川家康に派遣した織田の家中の者から信長は聞かされたが、信長は震え上がった。

けれども、武田信玄は三河国野田城で進軍をとめた。

年が明けた元亀四年の時点でも、光秀たちにはその理由がわからない。戦死したのだとも、病死したのだともいわれる。

とはいうものの、そこまで信長に都合よく、世の中がまわるわけでは、ない。

元亀四年（一五七三年）正月。近江坂本城本丸櫓上の場に戻る。

「明智様、城主様になった感想はどうやね」

木下秀吉がたずねた。文字に起こすと傲慢とも皮肉とも嫉妬ともとられかねない言葉だが、秀吉が口にすると、羨望と尊敬が伝わってくる。苦労人の秀吉だからこそできる話術、といったところか。

「おもった以上に金がかかるなあ」

おぼえず光秀はこぼした。

比叡山延暦寺を焼き討ちしたあと、比叡山の山麓・坂本砦に監視の城を築くことになった。明智光秀が、その築城を命じられ、同時に坂本城主（一時的に城をあずかる「城番」ではない）を命じられた。

光秀はこの命令を受けたとき、織田信長の人事の妙に感嘆した。なみいる織田の重鎮を追い抜いての抜擢人事であったが、織田家中からはまったく不満の声があがらなかったのだ。明智光秀が、織田の禄をはんで以降、短い期間で圧倒的な戦功をたててきたことには異論はない。そして、織田の重鎮である丹羽長秀や柴田勝家らの父親でもおかしくない、年長者でもある。実力主義ではあるものの、年功も考慮してある。

なんといっても、京都市民から非難をあびた比叡山延暦寺の焼き討ちの跡始末を、押し付けられる人材が織田にはいなかった。光秀ならば、もともとが外様の新参だから、しくじっても切り捨てればそれですむ。

明智光秀の足利義昭からの評価は、この時点でまったく変化していない。あいかわらず足軽頭の扱いで、官位はあがる気配がない。

織田信長が明智光秀を重用することは、もちろん、対・足利義昭への政治的配慮がある。すなわち、

一、光秀を織田で厚く遇することで、光秀の主君である足利義昭を尊重し、

二、光秀を冷遇したままの足利義昭の非力を批判・強調することである。

組織のなかでもっとも重要なのは、いうまでもなく人事である。人事評価で失敗すると、組織は崩れおちる。

独断と専横が目につく織田信長でさえ、家臣の意向を無視して人事はできない。

明智光秀は、自分が坂本城主になったことを、手放しでよろこぶほどには目出度い人生を送っていない。それよりも、寄木細工のように複雑な人事を組み上げる、織田信長の意外な側面に、驚くばかりである。


「木下に借りた金の返済は、まだ先になる」

「わしは明智様に金を貸しとるんやない。使ってもらっとるんや。どのみちまわりまわって、わしのところに返ってくるのや」

坂本城の城主を下命されたとき、光秀が頭をかかえたのが、城主になるための資金調達である。なにせ永禄十一年（一五六八年）に、ほとんど身ひとつで織田信長につかえてから元亀二年（一五七一年）に城主を下命されるまで、わずか三年である。こんなに早く出世するとは、まったく考えていなかった。資金の蓄えがあるわけがない。築城の原資もなければ、城主として相応の人材を集めるための資金もない。

また、近江坂本は、幾度となく朝倉義景・浅井長政との戦いで荒らされた土地で、租税を徴収したくとも、迂闊に領民の懐に手をのばせば、たちまち手痛い目に遭う。領民からの租税収入は後回しにしなければならない。

そんなときすかさず木下秀吉が「このぐらい要るんやあらせんか?」と、馬に砂金を詰めた袋を積んで光秀の自宅をおとずれたのだ。

光秀はだいたいの初期投資の費用を見積もっていたのだが、秀吉がもちこんだのは、おおむねその三倍の金であった。木下秀吉の資金力は光秀も知っていたし、一切督促もしなければ書面にも残さないことも知っていた。それにしても額が違う。

そのとき光秀はおもわず言った。

『木下は、薄々気づいてはいるだろうが、私は銭金を稼ぐ才能だけはまったくない。こんなに借りても、返せるあてはないぞ』

『わしは貸しとるんやない。ただしこの金の使いみちについて約束してくりゃーせ』

『いかなる』

『三分の一は築城に、三分の一は家臣に、三分の一は来年に。築城するときの大工造作は地元の者を雇ってくりゃーせ』

『自分に使うな、と』

『見てのとおりや』

たしかに、木下秀吉の金策の名手ぶりは誰もが知っているが、秀吉自身は衣食住のいずれも質素ではあった。

で、口約束のみ・期限なし・督促なしの巨額な融資がされ、地元民からむしりとることなく、当座の坂本城造営と家臣団の雇用がなった。

「金欠は、あいかわらずだ。人はなんとかなっているがな」

資金以上に案じていたのは、人材であった。

なにせ光秀は先日までほとんど身ひとつの牢人だった。東美濃・明智庄に住んでいたときも、その他大勢の土豪にすぎず、家臣らしい家臣はせいぜい取次の少年をやとったぐらいである。城主となると、城の維持管理にかかる固定費は莫大なものになるし、なにより軍事以外の間接業務に専従させる家臣も必要になる。織田はのべつまくなしに合戦をしているので忘れがちだが、戦うだけが戦国武将ではないのだ。

ところが、意外なことに人材はすぐに集まった。

真っ先に光秀の元についたのは、山本対馬守実尚《さねひさ》、渡辺宮内少輔昌《まさ》といった旧近江衆、磯谷新右衛門久次といった旧足利義昭家臣で織田信長についたもの、などが、織田信長の命によって光秀に寄騎（出向）となった。寄騎といっても、本人に不満があれば拒否はできる。にもかかわらず光秀についた。

旧美濃衆で牢人していた者たちも、どうにか集まってきた。主だった者に斎藤利三がいる。

「はしくれとはいっても土岐源氏の流れをくみ、足軽頭に毛の生えた程度といっても足利将軍の直属の家臣――『奉公衆』といった格さえ与えてもらっていないが――だと、名目だけで人は集まるものだ」

「わしには、家格、ちうもんがあらせんので、難儀しとる」

木下秀吉の最大の課題は「人材」であった。光秀は秀吉が奉行格になってから知遇を得たので偏見はないのだが、織田にはまだ、秀吉が信長の草履取りをやっていた時代を知っている者も多い。

いかに下剋上の世の中でも、元雑人の下で働こうという人間は多くはない。木下秀吉の家臣は、弟の木下秀長と元盗賊の蜂須賀小六ぐらいしかめぼしい人材はおらず、ほとんどが信長から借りてきた寄騎である。仕方ないので親戚や近所から子どもたちを預かり、家臣団に育てようという、気のながいことをはじめたのを、光秀は聞いている。

「お互いに、欲しい才には恵まれぬものでは、ある」

二　今堅田《いまかたた》

元亀四年二月六日（天正元年・一五七三年三月九日）。

足利義昭のほうが、先に膠着状態を破った。足利義昭が織田信長に反旗を翻したのだ。政治的にではなく、武力的に、だ。

このとき明智光秀は近江坂本城に在陣、織田信長は岐阜に帰国して、京都は空白であった。

日がのぼるのとほぼ同時に、斥候がとんできた。

「昨夜半、湖西北近江・伊藤城（小松城）が陥落いたし候！　攻め手は本願寺顕如。引き続き南下し、今堅田城を攻略に候！」

「――ふむ。あわてるな。近江衆がいるだろうが」

光秀の領内の一向宗寺院に動きはない。本願寺顕如の直命を受けた者が攻めていった、といったところか。

だが。

「お言葉ながら、敵方の先手は、山本対馬守、渡辺宮内少輔、磯谷新右衛門――」

「なんだとおっ！」

いずれも先日、光秀の家臣になったばかりの、旧近江衆の土豪たちである。かれらは光秀を捨てて足利義昭にしたがった、というわけだ。

あわてるな、と言った先から、いきなり光秀が慌てさせられたのだからたまらない。いつ、どうやって足利義昭に誘われたのか、見当もつかないのだが、この種のことは、詳細を確認してからでは遅い。

「すぐに長光寺城の柴田勝家殿に報せろ」

柴田勝家は琵琶湖の対岸・近江長光寺城の城番である。琵琶湖に突出した岬にある城で（現代ではその周囲は干拓によって農地となっている）、直線距離で六里余（約二四・二九キロメートル）。小早船を使って水路で急報を送れば昼過ぎには届く。琵琶湖周辺の軍事保安は柴田勝家と丹羽長秀の所管事項で、折返し大軍の援軍が琵琶湖をわたってやってくる。

「裏切った者たちの人質は、奥に集めて抜け出さないよう監視せよ。ただし、扱いはくれぐれも丁重に、礼を失することのないように」

旧近江衆の家臣団の妻子は、坂本城下に住まわせている。人質である。そう書くと戦国武将は人でなしのように思われるが、家臣の子息である。粗略に扱えば家臣団から見放される。

要するに、子息・子女は城にあずけて行儀見習いや読み書き、男子は武芸などを習わせる、学校の役割も担っていた。「城主」になると、その経費も城主が負担する。

「ことの真偽は、いますぐ私が確かめる」

明智光秀は、立ち上がった。

「馬ひけいっ！」

織田信長は、家臣団に告げず、いきなりちょいちょい単騎で飛び出す。馬廻衆があわてて信長の後をおいかけて真意をただし、家臣団がせえのと発進する。

光秀は、ながらく信長の一騎駆けを「暗殺防止」だと思っていたが、いざ自分でやってみると事情が違う。

――いきなりこれかよ、くっそぉ――

大声で怒鳴って愚痴りたいけれど、そんなことをだれにも聞かせられないからなのだ。

光秀は、馬を駆った。

近江国・今堅田城は近江坂本城から、琵琶湖西岸沿いに北上したところにある。距離は二里にすこし足らず（約七・七八キロメートル）、替え馬を添えて駆ければ一刻（約二時間）あまりで着く。

光秀は「誤報であれ」と思ったが甘かった。

今堅田城は典型的な水城である。北方を真野川、南方を天神川、東を琵琶湖に囲まれた、外曲輪は東西およそ四半里（約一キロメートル）南北およそ半里（約二キロメートル）の広大な地の外に建つ。

今堅田城の郭内には、そこかしこに「丸に二引両」の旗が林立していた。

将軍足利義昭の、紋章である。


元亀四年二月八日（一五七三年三月一一日）今堅田城南。明智光秀本陣。

このとき、足利義昭がまだ京都から動いていないことは確認している。

午刻、柴田勝家が手勢だけをつれ、真っ先に小早船で琵琶湖を渡り、光秀の本陣にやってきた。

「上様に味方いたしたる者は、他に近江三井寺《みいでら》光浄院暹慶《せんけい》（山岡景友）、丹波八木城主・内藤如安、との報を受けているが――」

柴田勝家は、すこし首をかしげながら続けた。

「明十《あけじゅう》（明智十兵衛）殿は、これら上様のお味方をご存知か」

柴田勝家は光秀に対して、同格の物言いをする。柴田勝家は光秀の上司ではないが、織田家中では光秀よりもはるかに格上である。要するに、光秀が将軍直属の家臣でもあることと、光秀が柴田勝家よりもはるかに年長であるためだ。

「かろうじて名前を知るぐらいですな」

岐阜の織田信長からの下命は、柴田勝家が使者とともに持ってきた。当座は柴田勝家と明智光秀が組んで対処せよ、という。

明智光秀が柴田勝家と組むのはめずらしい。坂本城主になるまで、組織行動らしい組織行動をとったことがない明智光秀と、信長のもとで猛将として戦い続けてきた柴田勝家とでは、人としての相性が合うとは思えないし、信長も光秀と勝家を組ませることは皆無にちかかった。

接する機会がすくないとはいえ、ないわけではない。

「光浄院暹慶は近江山岡氏の出で、昨年、上様により、山城半国の守護に任ぜられました」

「名ばかりの、でございましょうか、明十殿」

「名ばかりにございます」

いちおう光浄院暹慶は光秀の上司といえなくもないのだが、光秀自身は織田家臣として京都治安と京都行政に追われていて、足利義昭の「将軍ごっこ」につきあう暇がなかった。

「内藤如安は丹波守護代・内藤氏の出で、先年、キリシタンに入信し、洗礼名ジョアンを受けた若者に候」

「これも名ばかり守護代でございますか」

「小競り合いで揉まれているかもしれませぬが、いくさ場での活躍は存じませぬな」

このときの内藤如安は、かろうじて一個の城を死守しているだけの若者にすぎなかった。

光秀も、名前ぐらいは知っているが、八木城は地勢的に重要な場所ではない。また、丹波守護代としての内藤氏は、実権は皆無にひとしかった。

余談ながら内藤如安は激動の人物である。

この後年、豊臣秀吉の時代、秀吉の重臣・小西行長につかえ、秀吉の朝鮮出兵の際には、講和交渉の使者としてソウル・平壌・北京へと赴いた。関ヶ原の合戦では小西行長について敗北し、一時加藤清正につかえるものの、加賀前田藩に出仕。徳川家康のキリシタン禁教令にともない、高山右近らとともにフィリピン・マニラに追放された。

もちろん、後年のことなので、光秀たちが知るよしはない。


「明十殿、石山に動きがありまする。摂津ではなく近江石山」

琵琶湖南端、瀬田から川をくだった場所である。地勢的にはそちらのほうが京都へ向かう物流経路で、重要な拠点である。

「それも上様の差配でありましょうか」

「いかにもそうなのだ、明十殿」

なんだか光秀は頭が痛くなってきた。もちろん光秀は、義昭の動きをまったく察知していない。

「地勢からみて近江石山を先に落とす。今堅田攻めはあとまわしにし、明十殿はわれらに合力願いたい」

「承知しました」

——これが木下秀吉なら——

木下秀吉なら「名ばかり守護と名ばかり将軍に踊らされとっては、名ばかり城主になってまうがや」とでも軽口を叩くところだろう。

だが、柴田勝家は冗談を言わない。

「今堅田城は半日で落とす」

柴田勝家が「半日」と見積もったら、本当に半日で落とす。

「承知」

「あと、今堅田城攻めの手柄は、柴田がすべていただく」

「それは――」

「明十殿を裏切った近江衆は、落ちた翌日には、ふたたび明十殿の家臣になる。かれらに恨まれるなら、接点のない、われら柴田の家中のもののほうがよい」

光秀は、一瞬、自分の耳を疑った。

――どこまで人のいい男なのか――

柴田勝家という男は。

柴田勝家が木下秀吉を露骨に嫌っている、という噂は、光秀の耳にも入ってきてはいる。

木下秀吉は陰陽あわせ持つ複雑な男だ。柴田勝家のような単純明快な男とは、生理的に合わない理由はわかる。

ただし。

「明十殿は、そろそろ上様を見限って織田に専念なされませ」

密談に属するようなことを、隠さず口にする男でもある。

元亀四年二月二十六日（一五七三年三月二九日）。足利義昭方の近江石山砦が陥落。このとき足利義昭は京都・二条御殿に在陣したままである。

元亀四年二月二十九日（一五七三年四月一日）。足利義昭方の今堅田城攻め。柴田勝家を総大将とした。丹羽長秀・蜂屋頼隆は今堅田城の南側を固め、明智光秀は水軍で今堅田城の琵琶湖側を封鎖した。日の出とともに合戦が開始されたが、正午を待たず、今堅田城に詰めていた者たちは逃げ出して決着した。

けれども、問題は合戦の勝敗ではなかった。

まず、織田信長が足利義昭に対して異様に低姿勢だったこと。圧倒的な戦力の差を見せつけておきながら、信長から足利義昭に和睦を申し出た。信長は足利義昭に対し、「織田の娘を人質にさしだすので、上様は織田と和睦願いたい」と言ったのだ。本来なら義昭が人質をさしだす側であろう。

そしてそれ以上の問題は。

足利義昭が、織田信長の和睦の申し出を蹴ったことにある。

元亀四年三月七日（一五七三年四月八日）。足利義昭は京都市中に高札をかかげた。「織田信長の家中の者が、洛中で宿泊するのを禁ずる」という。光秀が今堅田城攻めの残務処理に追われ、京都を留守にしている最中に発布された。

京都は、警察がいなくなった。

京都市中で一斉に略奪と暴動が起こったのだ。

三　暴動

元亀四年三月七日（一五七三年四月八日）正午、京都二条御殿前。

明智光秀は、木下秀吉と二人だけで京都に入った。足利義昭の真意をはかるためである。ただし。

明智光秀の目の前で、ならず者の集団の先頭の阿呆が、泣き叫ぶ若い娘を左肩にかついでいた。略奪の現場に鉢合わせたのだ。

光秀は馬からおり、火縄銃を構えた。

「止まれ。娘をおろせ。娘を置いてゆくなら、荷物の略奪は見逃してやる。どこの家中の者か、詮索するのはやめてやる」

京都市中を略奪しまくっているのは、盗賊集団でも、先日の土一揆衆でもなかった。織田の上洛で放逐された土豪の、そのまた下卒が中心だった。織田は領地内での治安には特にやかましい。下卒や牢人たちが庶民から武力に物を言わせて略奪することを信長は嫌った。

織田が警察力を京都市中から引き上げている、いまのうちに荒稼ぎ、ということだ。

「なあ、明智様、あんまり無茶をしやーすな」

これは木下秀吉。今回の入洛《じゅらく》は、危険すぎて雑人たちさえ連れてきていない。そして目の前のならず者は、腹巻き（腹部だけを守る軽装武具）と籠手だけとはいえ、数は十人。

「おうさ、お武家様よ、あんたらに何ができる」

「射殺」

光秀は、ためらわない。

次の瞬間、光秀の鉄砲が火を吹き、ならず者の顔面が吹っ飛んだ。


足利義昭から「織田の家臣団の洛外追放」という命令が下るや、京都の治安担当がただちに岐阜の織田信長へ急使をとばした。

だが織田信長からの返事は意外なものだった。

「公方（足利義昭）の命令に従え。公方に逆らうな。織田の者を洛外に引き上げろ」

やむなく京都市中の治安担当を、織田の行政担当官・村井貞勝から足利義昭直属の重臣・細川藤孝に引き継ぎ、光秀は京都在住の要人の避難と撤収を担当した。

これ以後、京都の庶民を守るのは足利義昭の責任になる。

ただ、いまの足利義昭には、権威はあっても、力がない。資金もなければ人手も足りない。何より、義昭には「なにもかも足らない」という自覚がなかった。

明智光秀は最後にキリシタンの宣教師たちを近江坂本城へ引き上げさせたところで、

「ちと京都に行って上様にお会いしてくる」

そう告げて城を出た。うかつに内密に出ると落ち武者狩りにあって殺されかねない。背に織田木瓜《おだもつこう》の指物を突っ込んで「織田の使者にて殺すべからず」と誇示することにした。これだと落ち武者狩りには遭わないが、足利義昭の家中の者に殺される可能性が残る。こうなると、対策というよりも誰に殺されるほうがよりマシかという選択肢の次元の問題だが。

とはいえ、ひとついいことはある。

留守居などを決めたり、鉄砲の早具《はやご》（弾丸と弾薬を紙で繭状に包んで迅速に装填するもの）を準備したりしている間に、耳の早い木下秀吉が飛んできたのだ。

「みんなが引き上げとるのに、明智様は、なんで京都に行《い》きゃーすのか」

「弥次馬《やじうま》だ」

「そんな阿呆な」

「私は上様が『覚慶』だったころからのつきあいだ。義昭公の新参のなかではたぶん最も古い」

一乗院覚慶を脱出させ、無数の暗殺者から守り、越前朝倉では一向宗徒との和睦の現場を駆けた。

「ただし、あくまでも現場にいただけであって、足利公方の下ではたいした武功はないし、重きも置かれていない。主たる流れに乗ることも乗せてもらうこともなく、ここまできた」

光秀が武功をあげ、功績を評価されるようになったのは、織田信長の禄を食《は》んでからだ。

「だからこそ上様がこれからどうなるのか、自分の目で見たくないか？　私は見たい」

「ええ性格しとりゃーす」

秀吉は苦笑した。

「わしも連れてってくりゃーせ」

「けっこう荒っぽいことに遭遇するぞ。木下は私に同行して何ができる？」

「略奪する連中が盗賊のたぐいなら、わしの顔でなんとかなるがや」

「盗賊じゃなければ？」

「鉄砲の弾込め助手はやれるがや」

「木下の真意は」

「銭の稼げる匂いがするのや」

「なあ、木下。『正直』とは、真意を最初に口にすることだぞ」


明智光秀と木下秀吉は、そんな具合で坂本城をでて、山科を越え、三条大橋で洛中から脱出する人の大波に遭遇した。

流れに逆行する形なので難儀するかと思ったが、明智光秀と木下秀吉の、背に差した織田木瓜の指物をみて、群衆は頭を下げながら道を開けた。織田信長は、家臣からはのべつまくなしに謀反をおこされて人望がないが、警察と治安を最優先したせいか、庶民には人気がある。

市中のそこら中で暴徒が戸口を叩き割っていろいろ財物のたぐいを略奪していた。木下秀吉の側をみると、秀吉は「見たこともない連中だがや」とこたえるばかり。

さいわい、暴徒・ならず者の目的は財物であって、放火はされていない。

どんな暴徒よりも、火は怖い。

街に放火されると破壊消火（放火された区域の周辺の家を破壊して延焼をとどめる消火法）しか方法がなく、京都の街そのものが消滅しかねない。家が燃えることだけは絶対に防がなければならないのだ。

そして、あと一区画で足利義昭の二条御殿、というところで、娘を誘拐しようとしたならず者に遭遇したのだ。

若い娘は、略奪すれば、おおきな金になる。


光秀の鉄砲が火を吹き、ならず者の顔面が吹っ飛んだ。

間髪いれず明智光秀は撃ち終えた銃を木下秀吉に投げ、同時に秀吉は装塡した二挺目の銃を光秀に投げる。

「何をしやが――」

口を開いた二人目のならず者の、口に銃弾を叩き込む。二人目のならず者の頭もまた、跡形なく破裂して、首のない体がくずれ落ちた。

この時代の火縄銃の弾丸は、被甲していない球形の鉛玉である。貫通力に劣るが、殺傷力は圧倒的で、人体に当たれば、弾丸は体内で平たく潰れて衝撃が分散し、人体は破裂する。

こんな近距離で鉄砲を撃つことはない。まして大抵の腕前なら、当たりにくい頭ではなく胴を狙う。火縄銃の鉄砲で頭部が瓜かスイカのように破裂するのは、見たことはあるまい、と明智光秀は踏んだが、思惑は的中した。

光秀は馬の鞍から手槍を引き抜き、ならず者の群れに突っ込む。左側のならず者が二人、重なった瞬間、二人まとめて首を串刺しにする。そして脇差を抜いて右側のならず者の喉に打ちつけた。明智光秀は、一瞬で五人を倒したのだ。

「ひ」

ならず者の一人はその場で失禁して腰を抜かしてへたりこむ。

他の四人は槍を放り出し、背を向けて逃げ出した。

明智光秀は、捨てられた槍をひろいあげ、

「む」

と気合をいれて、逃げ出したならず者の背に槍を投げつけた。

槍は命中した。ならず者を背中から貫いた。死んだ。ただし、三人は討ちもらした。もの凄い勢いで逃げていった。

残された、腰を抜かした者が、絞りだすように言った。

「ひ——卑怯者！」

「お前らとは場数が違う」

明智光秀は、娘が秀吉に助けおこされるのをみながら、天を仰いだ。空気を嗅ぐためである。まだ、火事の臭いがしない。

放火さえされなければ、あとはなんとかなる。

そのとき。

「明智、お前は源平武者か」

不意に背後から声をかけられ、光秀は構えながら振り向き、そして驚愕した。

数人の黒装束の甲賀者に囲まれた、平服の——

「おや——」

「俺の名前を口にするなよ。俺は岐阜にいることになっている」

織田信長が、そこにいた。

「光秀、お前はその年で牛若丸にでもなったつもりか」

「御意。京を荒らす者は、敵も味方も関係なく征伐いたしまする」

源義経が最初に倒したのは平家ではなく、同族で京都を荒らした源義仲（木曽義仲）である。

「たわけた爺ぃよ」

信長は、声をあげて爆笑した。

「お言葉ながら、他人に槍をあずけて野垂れ死にするよりは、自分で無茶して死んだほうが、納得はゆき申す」

「わしは『止《や》めやーせ』というたんですが」

組織戦闘が中心の、戦国武将の戦いかたではない。

「光秀、そこもとは命が惜しくないのか」

「御屋形にだけは言われたくはありませぬな」

「明智様ぁ！」

「お見かけ通りの老骨なれば、命がけの戦場に参陣したことは数しれずありますが、しょせんは一兵卒。すくなくとも私は、自分の命を狙われたことはありませぬ」

「それはそうかも」

「別に自分を狙っているわけでもない野盗の群れに突っ込むことと、身元が割れれば即座に寄ってたかって殺される場に、のこのこやって来ることとの、いずれが命知らずでございましょうや」

「あのなあ、光秀。俺の親父でも、もうすこし気を遣った物言いをしたぞ。人生、気を遣わないと高くつくのを知っているか」

自分の父親ほどの年齢の明智光秀に、人生を説く織田信長が阿呆なのか、説かれる光秀のほうが成長していないのか。

いずれにせよ「人生で気を遣わないと高くつく」のは、信長の来し方をみれば一目瞭然で、信長が若いといっても説得力は抜群ではある。

「――秀吉のように気を遣いすぎても高くつくがな」

「わしのは『高くつく』と言《ゆ》ぅーてもゼニカネで済みますんで」

「説教ついでに光秀に申しておく」

信長は真顔になった。

「織田と足利の兼業は、あきらめろ」

「兼職、ではなく、兼業、ですか」

「冒険と安定の両方は得られない」

息子のような若者（じゅうぶん男盛りの年齢だが）に、光秀の意図は見透かされていた。織田で収入の安定をとりながら、足利で一発逆転を狙うのは、無理があるのだ。とれるものならぜんぶとりたいところだが。

「俺は博打はやらぬ。いくさは勝利を確信してからはじめる。それでも負けるときは負ける」

いかにも信長はああみえて合戦はうまくない。美濃を併合する前には美濃に負けつづけ、北伊勢・南伊勢は攻めあぐねて和睦して飲み込んだ。長島一向一揆と浅井長政、朝倉義景には、圧倒的な兵力と資金力をもってしても、まるで歯が立たない。

「俺につけ、とは言わぬ。これから公方に会う。ついてこい。それで決めろ」

四　選択

元亀四年三月七日（一五七三年四月八日）午下刻、京都二条足利義昭御殿。

動画や写真どころか肖像画を持つ者さえ珍しい戦国時代、どれほど名を知られていても、顔はそうそう知られてはいない。

織田信長がしばしば身をかえて市中に潜伏できる理由は、まさにそこにあった。織田信長は中肉中背、うりざね顔の「そこそこ美男」だが妹・お市の方のような「絶世の美貌」というほどでもない。影武者が立てやすく、特徴をひとことで伝えにくい。

とはいえ。

さすがに足利義昭の居館で、織田信長の顔を知らない者はいない。

「上様はおわすか」

信長がみずから門扉を叩くと、顔を出した門番が、

「ひ」

と腰を抜かしてへたりこみ、すぐさま本殿表座敷へ通された。

信長警備の甲賀者を庭先に待機させ、人払いをして、信長・光秀・秀吉の三人だけが座敷で待っていると、

「余に降参しに参ったか」

足利義昭は小姓だけを連れ、顔を出すなり、そう言った。

「上様には、俺から幾度となく降参を申し入れ、俺の娘を人質に差し出す、とまで申し上げているだろうが」

これは織田信長の言うとおりである。

「上様、どうか、和睦を受け入れてくりゃーせ！」

木下秀吉が割って入り、床に額をこすりつけた。

「あー……」

足利義昭は当惑を隠さず、眉をひそめた。

ことは天下の流れを決める話である。織田の京都治安担当の奉行並程度の者が、口をはさむことではない――といいたいところだが、足利義昭の反応は違った。

「そこもとは、誰だった？」

木下秀吉が、「まだ自分の顔を覚えてもらっていないのか」と凍りつく気配が、光秀にもよくわかった。

足利義昭の、他人に関心がないのにもほどがある。

光秀が平伏してつづけた。

「上様におかれましては、早急に信長公の降参の儀を、受け入れたまいますように」

「御父・信長の真意は、余には読めておる」

義昭の額に「得意」と書いてあった。

「余に織田の子を産ませて継がせ、足利を乗っ取るつもりであろう」

あろうも何も、織田はすでにやっている。伊勢を攻略する際、政治的には勝利していても、合戦においては、織田は苦戦を強いられた。そのため北伊勢神戸氏に信長の三男・信孝を、北伊勢長野氏に信長の弟・信包《のぶかね》を、南伊勢北畠氏に信長の次男・信雄《のぶかつ》を、それぞれ養子として差し出すかわり、伊勢一国を吸収合併して乗っ取った。

「それのどこに不満がありゃーすか！」

木下秀吉が、珍しく声を荒らげた。伊勢の吸収合併は、木下秀吉が交渉役としてまとめあげたものである。

「足利の名前は残る、織田の後ろ盾も固くなる。上様には、ええことずくめのはずだがや！」

理非を問えば秀吉が正しい。だが、名前すら覚えていない軽卒（京都奉行並の身分は決して低くも軽くもないが）の進言に、舞い上がりまくっている足利義昭が、聞く耳を持つわけがない。

「京の治安をあずかる者として、進言つかまつります。京都市中は騒乱をきわめておりまする。早急にご決断たまわりますよう、お願いもうしあげます」

「光秀、そこもとは、織田の者として申しておるのか、それとも足利の者として申しておるのか」

「私がいずれにつこうと無関係に、こうしている間にも京都市中の略奪が続いておりまする」

「止めればよいではないか」

「手が足りませぬ」

「ならば――」

「ならず者たちに略奪できるだけやらせておけばよい、とお考えならば異論は二つ。その一。京から織田の者を締め出した以上、京の治安の責任は、まさしく上様ご自身が負うことになりまする。京都の町びとから恨みを買うのは、ならず者たちではなく、上様にございます」

「もうひとつは」

「町に放火されるおそれが大にございます。今回のならず者は、財物が目的ではなく、織田または上様の面目を潰すのが目的の模様にございますれば」

「——ということだ。上様、もはや世間は征夷大将軍を中心にまわっているわけではない。とっとと俺の——織田信長の降参を受け入れなされい」

「ことわる」

「上様、いったい何をなさりたい」

「独り立ち」

「もうやっておられるだろうが。『誰からも相手にされない』という意味で」

織田信長の物言いは、もはや皮肉の域をこえている。足利の旧臣である細川藤孝は内々に織田に通じている。最近義昭についた新参の光浄院暹慶《せんけい》（山岡景友）や内藤如安はいずれも小身で経験も浅い。

「ご自身に何の力もないことを、なぜ受け入れなされぬ。否認もここまでくると病気だ」

以前、信長が光秀に言った。「弱い奴は相手の強さがわからないから、何度なぐり倒しても、泣きながら立ち上がって向かってくる」と。

いまの足利義昭は、まさにそれであった。

「信長！　余を捨てられるものなら、捨ててみよ！」

「上様のごとき者の扱いは重々承知しておる」

あのとき、信長は「二度と立ち上がれぬほど殴って殴って蹴り倒す」と光秀に教えたのを思い出し、光秀は身構えた。

「京都に火をつけ、町をやきつくす」

光秀が——京都の街を守る者たちが、絶対に防がなければならないことを、信長が率先してやる、という。

織田信長は「やる」といったら絶対にやる。比叡山延暦寺に放火し、一向宗と正面決戦することもいとわない男なのだ。

そして、織田信長は、京都に放火した。

織田信長の京都焼き討ちは残酷をきわめた。合戦ではなく、虐殺と略奪であった。木曽義仲は略奪と乱暴だけだったが、織田信長の残虐さは、木曽義仲をはるかにうわまわった。

織田信長は一旦岐阜に戻ったあと、およそ五万の大軍を仕立てた。近江や京都近在の者はごくわずかで、ほとんどが尾張・美濃の者だった。大規模な略奪をした場合、顔見知りどうしでは恨みを買って厄介なことになるのを見越してのことである。

元亀四年三月二十九日（一五七三年四月三〇日）、織田信長は京都洛外東山・知恩院に本陣を置いて配置を決めた。京都焼き討ちの総大将は柴田勝家。その指揮下に、明智光秀、細川藤孝、荒木村重、蜂屋頼隆、中川重政、佐久間信盛がついた。明智光秀と細川藤孝は自前の将兵を最小限にとどめ、尾張衆・美濃衆を率いて指揮する。

信長からの指示は簡素に四つ。

一、神社仏閣には放火するな。

二、キリシタンに危害を加えるな。宣教師だけでなく信徒・門徒や家族にも手を出すな。
三、それ以外は略奪はいくらやってもかまわない。
四、すべてを焼きつくせ。
元亀四年四月二日（一五七三年五月三日）。織田信長の京都火襲《かしゅう》が開始された。

明智光秀は細川藤孝と組み、それぞれおよそ七千の尾張衆と美濃衆を率い、北野天満宮側から京都に向かった。

このとき北野天満宮の山門から大音声とともに細川・明智の軍に向け、数名の猛者が矢を射掛けてきた。信長の命令で火攻めにできず、若干、手間どった。もちろん兵数の桁が違いすぎて戦いにならなかった。

足利義昭側からの抵抗らしい抵抗はそれだけだった。

翌日、元亀四年四月三日（一五七三年五月四日）。細川・明智隊は洛北の賀茂・下賀茂を放火。織田側の京都治安担当・村井貞勝から明智光秀に要請があり、京都御所の周辺の家作を破壊した。火除け地をつくることで御所への類焼を防ぐためである。

京都の火攻め三日目、元亀四年四月四日（一五七三年五月五日）、洛中の放火と略奪が命じられた。織田軍は京都上京を包囲した。二条上京以北は全焼し、烏丸まで焼いた。

元亀四年四月五日（一五七三年五月六日）。足利義昭が降伏。

元亀四年四月七日（一五七三年五月八日）。村井貞勝を京都行政筆頭に据え、明智光秀らを置いて織田信長は京都から兵を引き上げた。

この間、足利義昭との交渉は津田信広（織田信長の兄）が担当し、光秀は義昭と会談することはなかった。

織田信長が京都を出発する直前、光秀を呼んだ。

「俺は引き上げるが、公方（足利義昭）はすぐに動く。あの種の男は、自分の身体で痛い思いをするまでは懲りない」

「未然に防げ、と」

「ちがう。放置しろ」

信長は、まばたきをせずにこたえた。

『孫子』の説く「火攻」は主に軍事拠点を放火して無力化するものだが、織田信長の京都火襲は商家や農家や民家といったものを襲い、支配者の無能を知らしめるのが目的である。その戦略思想は現代戦の無差別爆撃に近い。

違うところは、航空機からの遠距離攻撃ではなく、足軽たちが掛矢《かけや》や鳶口《とびくち》といった家屋破壊道具と松明を持って一戸ずつ放火してゆくことと——略奪と婦女子の強奪をすることであった。

婦女子の拉致は織田によって組織的に行われた。数人ごとに縄をかけて捕縛し、詰め所に送られた。これは夫や家族が身柄の引き渡しを申し出てきた場合、身代金と引き換えに返した。

強制連行を拒否した婦女子が、桂川を越えて脱出を試みた。だが川の流れに足をとられて溺死する者も多かった。桂川には鮎漁のための梁《やな》（川を遡上する魚をとるための柵）が数か所かけられていたが、幼児とその母親らしき女性の死体が、それぞれ数十人ひっかかった。

明智光秀は、残務処理に追われた。

尾張衆・美濃衆が引き上げたあと、入れ替えで近江坂本城の者を京都にいれて実務にあたらせた。ようするに流された遺体の身元確認や、強制連行した婦女子の身柄の引き渡し、焼け跡の整備などである。

京都の支配を織田がとることに関して、京都の市民たちが激しく抵抗することが予想された。けれども驚くほど無抵抗に、粛々とすすめられた。織田信長に対する恐怖のためである。織田信長が、木曽義仲とは桁違いに無慈悲で残酷で凶暴だ、と、京都市民は知ったのだ。

それ以上に厄介なことがあった。

近江坂本城の明智光秀の兵卒で、言動がおかしくなったものが続出したのだ。

明智の者はほとんどが光秀が坂本城主になってからの者だとはいえ、何度か小競り合いなどで合戦経験は積んできた。

だが、殺すか殺されるかという合戦ではなく、一方的に殺すだけの殺戮だと、やる側の心が壊れる。

家臣や兵卒の、荒れた心をどう修復するかが、光秀の喫緊の課題であった。

自分もふくめて。

近江坂本城本丸、光秀の寝室でのこと。

「殿、殿、起きてください」

熙子に揺さぶられ、光秀は目をさました。寝汗をびっしりとかいていた。喉がからからに渇いている。

「――そんなに、私のイビキがすごかったか？」

光秀は若いときからイビキがやかましい体質だった。美濃に住んでいた時代から、熙子に「イビキがうるさくて寝られない」と揺すり起こされることが何度もあった。疲れているとそうなる。

「ちがいます。うなされて、苦しそうだったので――いったい、どんな夢を見ておられたのですか」

「何も覚えていない」

これは本当だった。

「もうすこし、いろいろ良心が痛んで苦しむかと思ったのだが――」

光秀の陣にも、脱出をこころみて失敗した婦人が引き出されてきたことがあった。焼きだされて黒焦げになった赤子を抱きかかえ、本人もまた、年齢さえわからぬほどに髪を焼かれ、衣服も焼けこげていた。その子連れ女よりも、むしろ、その女を連行してきた明智の足軽たちが、半泣きで女の命乞いをしたのが印象的だった。

こういうときに、どんな言い訳をしても通用しない。嫌な思いをするために城主になっている、ということもある。光秀は槍をとり、「いくさゆえ」とひとこと言い、女を子供ごと刺し殺した。「命じたのは、信長であって、自分ではない」と責任の所在を他人に押し付けられれば、かなり残酷になれるものだ、と自分に驚くと同時に、すべての怨嗟の責任をおしつけられ、信長はどう思うか、とも考える。

それはそれとして。

光秀は、比叡山延暦寺の焼き討ちのときも、京都焼き討ちのあとも、その種の夢をみたことがない、と、自分では思っていた。

もちろん、熙子には詳しい話はしていない。虐殺だろうが合戦だろうが、人が殺し殺される場所には違いないからだ。いろんな風聞は坂本城に届いていてもおかしくないが、熙子から光秀にたずねたことはない。

「まあ、いろいろだ」

何を言えというのだろう。

「それなら、いいですね」

「何があったか、知りたくないのか?」

「殿は、話したいですか」

「――いいや」

光秀は、こたえたものの、今日の熙子の反応が気になった。

「なにか私に言いたいことがあるのか?」

「てっきりあなたは裏目（大穴）狙いで義昭公につくものだとばかり思っていました」

「弱い者いじめをしている、といいたいのか？」

「いいえ」

「強い側につく卑怯者といいたいのか」

京都の庶民を一方的に踏み潰した、という後ろめたさが光秀にはある。

「いいえ」

「私は、そなたたちを路頭に迷わせたくないのだ」

「殿が本当にそう思っておられるのであれば、京の焼き討ちをする前に、なぜ、わたくしの気持ちをおたずねにならなかったのですか」

と問われると困る。

「ご自身のやりたいことをするときに、わたくしたちのせいにしないでください。自分にやましいことをするときに、わたくしたちのせいにしないでください」

一気に眠気がふっとぶような物言いではある。

「殿」

「はい」

おぼえず光秀は居住まいをただした。

「正しいと思うのであれば、ためらわず、全力で強者につきなさい。卑怯とは、どれを選ぶかではなく、選んだ責任をとらないことです」

光秀に、かえす言葉はない。

熙子はつづけた。

「こんど大きな決断をなされるときは、わたくしにもたずねてください」

「そう——する」

光秀は、うなずいた。

五　槇島

元亀四年七月三日（一五七三年七月三一日）、足利義昭は再度武装蜂起した。ただし、孤立に追い込まれての蜂起であって、織田信長への勝算は、今回もまったくない。

すこしさかのぼる。

元亀四年四月、甲斐の武田信玄が上洛途上で死去した。東海道をとり、徳川家康を三方ヶ原の戦いで一蹴したあと、三河野田で意味なく進軍をとめ、引き返した。武田信玄と織田信長では国力に圧倒的な差がついており、武田信玄が織田の版図を突き破って上洛するとは考えにくい。ただし武田信玄の進軍にそなえるとなれば織田の主力は岐阜から動けない。武田信玄の死亡によって、織田の大軍が、自由にどこにでも動けるようになったことを意味した。

元亀二年に長島一向一揆衆は織田信長軍を大敗させたが、伊勢長島から出る気配をみせていない。一向一揆衆が戦う目的は自分たちの信仰を守るためであって、侵略や略奪のためではない。足利義昭は長島一向一揆衆が自分を支援してくれる理由を、見誤っている。元亀四年五月、織田信長は巨大な軍船の建造を命令した。琵琶湖の制水権を掌握するためである。

にもかかわらず。

足利義昭は動いた。

元亀四年七月五日（一五七三年八月二日）居城の二条御殿に日野輝資《てるすけ》らを置き、自身は宇治・槇島《まきしま》城に拠点を動かした。

内藤如庵など、二千ほどの将兵とともに、槇島城に立てこもったのだ。

元亀四年七月七日（一五七三年八月四日）、織田信長は十万ちかい大軍で上洛。二条御殿を包囲。二条御殿に籠城していた者たちは、七月十三日に戦わずして城を明け渡した。

そして。

織田信長は、明智光秀に「内密に槇島城にはいり、公方（足利義昭）を説得してこい」と命じた。

「上様（足利義昭）が降りなされましょうか」

「そんなことが、あるわけなかろうが」

織田信長が肚をくくると、どれほど冷酷になるか、光秀は痛感したばかりである。

「公方がどのぐらい蒼くなっているか、知りたいだけだ」

信長の、軽すぎるほど軽い口調に、光秀は自分の首筋に鳥肌が立つのを感じた。

元亀四年七月十四日（一五七三年八月一一日）。

明智光秀は、単身、槇島城に乗り込んだ。

山城槇島城は宇治川の中洲にある堅固な城ではある。ただし、落ちない城はない。対岸の洲に宇治平等院がある。

光秀は迂回して陸路からはいった。野分（台風）が近づいている模様で、雲の足が速い。

槇島城に詰めている、足利義昭の者は、二千いるかどうか。

光秀は馬を降り、槇島城内にはいる。織田木瓜と土岐桔梗の指物を胴丸の背にさしているということと、さすがに光秀の顔を知る者も多く、視線を感じながらすすんだ。

——この感じは——

士気が無駄に高いのはわかった。遠い昔、光秀が斎藤道三の陣中で、斎藤義龍の圧倒的な兵と対抗したときの、鷺山城がこんな感じだった。

——ここにいるのは——

大穴狙いで一発逆転を狙う山師か、弱きを助ける自分に酔っている、大馬鹿野郎のどちらかしかいない。

——私もそうだったが——

どうやって勝つかという戦略は、まったく持っていない。一向一揆衆も似たようなものだが、一向一揆衆は「南無阿弥陀仏と唱えて戦って死ぬこと」が目的であるところが決定的に違う。槇島城にこもっている連中の、高いのは士気だけで、一瞬で崩壊するのは明らかだった。

明智光秀は、槇島城本丸表座敷に通された。

「信長は、余が蒼くなっているのを期待しているのだろうが、期待はずれであるな」

足利義昭は、光秀をみるやいなや、淡々とした口調で告げた。

足利義昭の表情は、実に晴れやかであった。

「上様におかれましては、なにとぞ織田に御降参くださいますよう、ふしてお願い申しあげまする」

「型どおりの挨拶はするだけ無駄である。真意を申せ」

「もはや上様に味方する者はおりませぬ」

足利旧来の細川藤孝は織田についた。いま槇島城に詰めているのは、内藤如安や光浄院暹慶ら、新参で若くて経験の浅い者ばかりである。

「明智は、御父・信長が、比叡山でやったことをみたか。京都でやったことをみたか」

と指摘されると、光秀としては返す言葉はない。

「余は、たぶんこれまでのどの征夷大将軍よりも、殺される恐怖をたくさん経験している。兄・十三代将軍義輝よりも、だ」

これも、光秀に反論の言葉はない。義昭を一条院から救出し、近江矢島で織田信長の援軍を待って裏切られたときも、六角氏に追われて足利義昭を船底に隠して若狭に脱出したときも、越前朝倉義景のもとに身柄をあずけて一向宗と越前朝倉の和睦をとりなして命を狙われたときも、そして越前朝倉から近江浅井、美濃織田へと移動した際、美濃との国境の洞に身をひそめたときも、光秀はその場にいた。

足利義昭ほど数多く死地をまぬがれてきた将軍はいないだろう。ほとんどはその前に殺される。それほどまでに力がない、ともいえるし、それほどまでに強運の持ち主、ともいえる。

――ただ、ひとついえるのは――

「光秀が、余をここまで育てた、と思《おも》うているのは間違いだ」

義昭のほうが指摘した。

「いかにも光秀は、どの新参よりも足利再興に努力したろう。余の将軍襲職に情熱をかたむけたろう。だがうぬぼれるな。それは単なる思い込みだ」

「それは――」

「努力に酔うな。情熱に甘えるな」

「その御言葉を、上様にそのままお返しもうしあげつかまつる」

言いたいことを言いたい放題に言う性格が、義昭に毛嫌いされていることは、光秀も承知している。けれども、言わずにはいられないではないか。

「上様は、まだ織田に勝てるとお思いでありましょうや」

「いくさに勝利することだけが成功ではない。人は目にみえない成功より、目に見える失敗を選ぶ。余は成功をかちとってみせる」

義昭は、言葉の激しさとは裏腹に口調は冷静で、だからこその決意の重さがある。

「足利は、生き延びる。そして信長は余に呪われ、痛恨とともに死ぬのだ」


元亀四年七月十五日（一五七三年八月一二日）は雨台風が畿内を襲った。織田は動かず。ただし京都と宇治は指呼《しこ》の間である。

翌日・元亀四年七月十六日（一五七三年八月一三日）は台風一過の快晴で、夜明けを待たず織田は京都を出立、槇島城対岸に布陣したとはいえ、織田の数が数である。宇治川をはさんだ織田およそ十万は、ほぼ密集する形で槇島を完全包囲した。北側の陸路は籠城側が脱走できるように空けてある。脱出路をつくっておいて、夜中に城兵が抜けだせるようにするためだ。死中に活路があると人間は弱い。

はたして同日夜、槇島城の城兵たちが大量に脱走していった。いくら士気が高いといっても、生きて一発当てるためにいる連中ばかりであった。


元亀四年七月十七日（一五七三年八月一四日）、織田信長本隊が宇治に着陣。本陣を宇治平等院対岸の五ヶ庄《ごかのしょう》村の柳山に置いた。

宇治川は源流を琵琶湖に置く。先日の台風での増水はまだ引かず、氾濫するかのような泥の奔流となっていた。

「公方に、桶狭間を与えせしめん！」

織田信長は本陣に部将たちを集めるやいなや、馬にまたがったまま、そう言い放った。

信長が興奮するのもやむなし、と、光秀はおもう。光秀は織田信長が尾張と美濃の二カ国の太守になってからの織田の家臣だが、それでもこれほどの人数が同じ場所に揃うのを初めてみる。

美濃衆は稲葉良通、氏家直通、安藤守就の西美濃衆、東美濃の斎藤新五。

尾張衆は佐久間信盛、柴田勝家、丹羽長秀、蜂屋頼隆。

近江衆は蒲生賢秀と息子氏郷。足利義昭の元家臣・細川藤孝と細川忠興。

この場にいないのは家老筆頭の林秀貞ぐらいか。光秀もそこそこの立場にはなったものの、このなかの序列では下から数えたほうが早い。——そして、木下秀吉もいた。

美男の織田信長は騎馬武者姿になると、さすがに美しい。平素は派手好きな信長が、紺色《こんいろ》縅《おどし》に織田木瓜の前立の三枚錏《しころ》という、質素な甲冑に身を固めていると、信長の居住まいの美しさが際立つ。しかも、信長は山丹花《さんたんか》の花の玉を兜の左の吹き返しに差していて目立つ。仏画の毘沙門天も恥じらうほどの猛々しい美しさであった。

「重ねて申す！　強きが弱きをくじくは戦国の定法なれど、公方にあえて一日与えてやる！　俺は桶狭間で天を味方にして時代をかえた！　公方もみずから運気をかえてみせよ！」

信長は、あきらかに軽躁状態にあった。目が泳いでいる。なにより、これほど多弁なのはきわめて珍しい。

信長は軍配団扇を甲冑の背に差し、馬の脇腹を蹴った。荒れる宇治川の岸辺で、信長の馬が、ひるんで足をとめる。信長は家臣団の側に振り向いた。

「九郎判官源義経は、木曽義仲を討ちおとすとき、梶原景季《かじわらかげすえ》と佐々木高綱に先陣を競わせ、宇治川を馬で渡らせたそうだ！　だが俺はそんな惜しいことはせぬ！　総大将みずから、天に逆する公方を討ちはたす！」

殿は本気か？　と、重臣たちが顔を見合わせる空気がある。信長は宇治川を、陸路をつかわず、わざわざ馬で泳ぎ渡るつもりなのだ。

『平家物語』の梶原と佐々木の宇治川での先陣あらそいは、「磨墨《するすみ》」・「いけずき」という、後世に名を残す名馬だからこそできたことだ。台風直後の宇治川は深さおよそ三尺（一メートル強）、鮎さえ押し流されるような泥の激流である。

馬好きの信長は、名馬を集め、朝夕に馬を攻めて鍛えている。けれど、織田の家臣団は日々の役務に忙殺されて、そこまで馬に長じているわけではない。明智光秀にいたっては、馬については「走って止まればいい」という考えであった。光秀の駄馬では、この流れを越えられるかどうか。

そのとき。

「殿、わしもしたがいますがや！」

光秀の背後から、木下秀吉が声をあげた。木下秀吉は、緋色縅に黄金をそこかしこに箔押しした、無駄に豪華で派手な甲冑であった。他の者が身につければ鼻持ちならないだろうが、小柄で貧相な木下秀吉には、あきれかえるほど似合わない。道化以外の何者でもなかった。

「明智様」

木下秀吉は光秀を追い抜き際、声をかけてきた。

「殿から『征夷大将軍を討つにあたり、姓が木下ではいかにも軽い。姓をかえよ』と下命いただいたのや」

「どのような姓にした？」

「丹羽長秀様と柴田勝家様が、一文字ずつつくりゃーした。『羽柴藤吉郎秀吉』と呼んでくりゃーせ」

――追従《ついしょう》するにもほどがある――

というか、追従する相手をよく見ているというか。筆頭家老の林秀貞や次席の佐久間信盛ではなく、そのまた次席の二人から名をとるあたり、秀吉の人選は絶妙ではある。

「羽柴殿」

「はいっ！」

「貴殿には志操がない」

「持つべき志操と捨てるべき志操の区別がついているだけだがや――されば御免、殿、猿がいま参りまする！」

「猿！　早く来ぬか！」

織田信長・羽柴秀吉主従が騎馬したまま宇治川にはいるのをみて、他の重臣たちも、渋々じゃぶじゃぶと音を立てて宇治川をわたり始めた。槇島城を囲む宇治川は、織田の軍馬で埋め尽くされはじめた。

——人生の変わり目は、こんなあっけなくてよいのか——

明智光秀はいま、これまでの自分の人生の選択のさなかにあるのを自覚していた。

土岐源氏の支流とはいえ将来を嘱望されていた青年時代。閑職に追いやられていた壮年期、斎藤道三に味方し、一発逆転を狙って大敗した長良川の戦い。足利義昭を救出し、幾度となく六角からの刺客を追い払った日々。

征夷大将軍の足利義昭を捨て、織田信長につく、この瞬間が、五十七年のなかでもっともおおきな選択であるはずではないのか。

——こんな——

勝利が確実で、物見遊山に毛の生えたような合戦で、自分の人生がかわるのか。

——熙子は、どう思うのだろう——

光秀は、わかれ際に足利義昭がいった、ひとことが気なってしかたない。

人は、目に見えない成功より、目に見える失敗を選ぶ。

末章　懸崖《けんがい》

足利義昭は、死ななかった。槇島の合戦はその日のうちに決着がついた。足利義昭は人質を差し出して信長に降伏。助命され、河内若江城に護送されている最中に略奪に遭遇した。ちなみに、このとき護送役として副《そ》えられたのは、羽柴秀吉である。状況を考えれば、だれが義昭の財物を強奪したのか明白だが、証拠は残っていない。

この敗北により、足利幕府の実権は消滅した。

足利義昭は諸国を流浪した後、毛利氏の保護を得て備後国・鞆《とも》の浦に動いた。名目上は将軍職を保持し、足利幕府再興に手を尽くしたものの、もはや誰にも相手にされなくなっていた。

足利義昭の実権が完全に消滅したのが知られた天正十六年（一五八八年）正月、義昭は山城国槇島に帰還し、准三宮《じゆさんぐう》に叙任された。太皇太后・皇太后・皇后の三宮に準じた高い位である。武家では平清盛が太政大臣を経て叙任した例がある。名目だけは高いが、権限はない。一万石をあてがわれた。秀吉の朝鮮出兵にしたがい、肥前名護屋に出兵。秀吉の没年の前年の慶長二年（一五九七年）、大坂で没した。享年六十一。

織田信長は、良くも悪くもこの後の波が大きかった。

足利義昭を攻めたその足で越前国朝倉義景と北近江浅井長政を攻め滅ぼした。

伊勢長島一向一揆は手間取ったものの天正三年（一五七五年）に制圧。このときも信長は降伏の声を無視して老人・女・子供を虐殺した。

武田信玄の死去を確認した天正三年（一五七五年）、三河長篠で武田氏と戦い、これを大敗させた。

一向宗門跡・本願寺顕如とは摂津国石山本願寺での攻防が続いたが、天正八年（一五八〇年）、顕如が大坂を退城することで和睦が成立した。この間、信長の支配地の尾張・美濃・伊勢・近江内の一向宗の寺院が信長に対抗した様子はない。

いずれにせよ、織田信長が足利義昭の残した爪痕の処理に手間取ったのは間違いない。


羽柴秀吉はその後、「筑前守」に任官。浅井氏を滅亡させた後、その遺領をまかされた。

北陸攻略の際には柴田勝家と対立して信長に無断で戦線を放棄した。信長は秀吉をゆるし中国攻略に任命。秀吉はその最中に本能寺を知る。

秀吉が政権を掌握した天正十三年（一五八五年）、征夷大将軍の名を得るために足利義昭に猶子《ゆうし》（名目上の養子）にしてくれと頼んだものの、足利義昭はこれを拒絶。秀吉は「豊臣」を創姓して関白となった。

本書の物語から「本能寺の変」まで十年の歳月がある。

明智光秀は織田信長に最も信頼された男である事実は疑いようがない。カエサルとブルータスの例を持ち出すまでもなく、最強の刺客とは、最も信頼する人物である。信長が、丹波国で明智光秀が完全武装した二万の兵を保持しているのに、のんびりと手勢だけで京都に来たのは、光秀が裏切るとはまったく考えていなかったからである。

明智光秀の空気の読めなさは、生涯を通じていた。織田が武田氏を滅亡させたとき、織田信長の武田領の視察に、明智光秀は同行した。このとき、よせばいいのに織田信長は明智光秀に「ヒマだから俺と模擬戦をやろうぜ」ともちかけた。明智光秀は「承知つかまつった」と二つ返事で応じ、もっとよせばいいのに織田信長の側を叩きのめした。このとき、織田信長四十九歳、明智光秀六十七歳である。こんなことを申し出る信長もいい歳をして何をやっているのかと思うが、こんな阿呆なことを言える相手が、信長には明智光秀だけだったということもいえる。

とても大切なことだが。

空気を読めるような男なら、織田信長とあれほど気が合うわけはない。そして、衝動にかられることもない。

ようするに、そういうことである。

（了）

附記

歴史小説は歴史「小説」であって、「歴史」小説ではない。本書の目的は正確な歴史を再現することではなく、気楽にたのしんでいただくものだ。けっこう間違えられる。

この物語は、史実に材をとったフィクションである。


本書は「初老明智光秀の選択と決断」ってな話である。筆者は、つい先日ハタチになったばかり――ほんの四十年ばかり前のことである。これは「先日」だ――だが、ぼちぼち人生の残りの年数を考えながら決めることが出てきた。リーガルの革靴は、ていねいに手入れをすれば二十年持つが、二十年後に革底の靴を履いているかどうか、微妙なところである。

ええと、「還暦は『初老』ではない」という、鋭いツッコミはしないように。


明智光秀の生年は現在にいたるまで不明である。本書では「当代記」によっている。明智光秀の年齢は織田のなかで村井貞勝や稲葉良通と同世代で突出して高い。

光秀の享年が六十七歳とはいかにも高すぎないか？　といった意見もある。ただ、還暦の著者よりもはるかに頑健な八十翁も、はるかに老衰した四十男も身辺にいるのも事実である。これはこの年齢になって、初めて断言できる歴史的事実といえようか。いやまあ、そう大仰に力説することではないが。

以下は参考資料類の概略。

はっきり言って本書の内容とはほとんど関係がないので、読み飛ばしていただいて構わない。最後の「ご意見ご感想」だけ、熟読たまわりたい。

明智光秀の履歴については『明智軍記』（二木謙一校注・新人物往来社）があるものの、元禄十五年（一七〇二年）刊行の軍記物で信頼性が低く、採録していない。二〇二〇年の大河ドラマは『美濃国諸旧記』（黒川真道編・国史研究会）に基づいている模様であるが、同書もまた、成立時期こそ早いものの著者不詳の軍記物で、採録していない。正確を期するためではない。フィクションをもとにフィクションを構築するのは屋上屋を架すからである。

作品には演出を加えてある。

本書は小説なので作品進行上、演出を加えてある。将軍が家臣に直接口をきくことはほとんどないが、取次をはさむ部分は省略してある。また、「ふたりきり」「ひとりきり」などのシーンの場合、身辺雑務をする、馬の口とりや草履取りといった雑人の存在はカットしてある。

セリフについて。

歴史・時代小説のセリフについて、歌舞伎のセリフから転用することが多い。一般に「時代小説の口調」とおもわれているものがこれである。

ただし、戦国時代のセリフについては若干事情がことなる。

戦国時代の口語については、戦国時代にイエズス会宣教師らがイエズス会式ローマ字綴表記で著した日本語・ポルトガル辞書『日葡《にっぽ》辞書』により、かなり正確に再現が可能になっている。本書では土井忠生ほか編訳『邦訳　日葡辞書』（岩波書店）を参照した。

また、戦国時代の口語の発音および文法については、ラテン語式ローマ字表記で再現され、イエズス会宣教師向けの文法書が書かれている。本書ではロドリゲス著・池上岑夫訳『日本語小文典』（岩波書店）を参照した。

そのままでは意味が通じないので、鈴木の判断で適宜、読みやすく演出を加えてある。

人名について。

戦国時代の武将たちが互いに口頭でどのように呼び合っていたのかは、戦国時代に著されたイエズス会宣教師向け日本語国文法教科書であるロドリゲス著・池上岑夫訳『日本語小文典』（岩波書店）に詳しい。ただし、史実に正確を期すると煩雑なので一般的に知られている呼び方にしている。官名・通称についても、作品内時間で何度もかわる。これも登場するたびに変更するのは読むのに煩雑なので、一般に知られている呼称にそろえている。

八光流柔術は昭和年間、大東流合気武道を再編して立てられた流派である。戦国時代には存在していない。なぜ出したかというと、鈴木が長年たしなんでいるんで、単なる著者の趣味である。

志賀の陣では天候が武将たちの決断におおきく左右した。幸い、当時の天候については『言継卿記』に記載されており、その記述によっている。

槇島の戦いの日程については、『信長公記』ではなく『兼見卿記』によっている。

足利義昭の履歴については、奥野高広著『足利義昭』（吉川弘文館）、谷口克広著『信長と将軍義昭』（中公新書）をインデックスとし、東京大学史料編纂所『大日本史料』を参考にした。

『庭訓往来』について。

戦国時代は『新撰之消息』または『百舌鳥往来』という書籍名で流通していた可能性もあるが、煩雑なので『庭訓往来』にしてある。内容については東洋文庫版（石川松太郎校注）を参照した。

かつて古書価格で九百万円した『大日本史料』が、いまでは東京大学史料編纂所のデータベースで検索できて読みまくれるようになった。重さに泣かされた『国史大辞典』も『古事類苑』も、キーボード一発でがんがん検索できる。歴史小説を書いている人間にとって、まったくもってありがたい時代になったものである。

本書を読んだ、ご意見・ご感想を、左記にお寄せください。

図書館で読んだりマーケットプレイスや古書店市のゾッキ本などで入手した場合、著者や出版社には読まれた実績が把握できないのが現状です。

「読者メーターがあるだろうが」と言われるかもしれませんが、自分の作品をエゴサーチするなどという恐ろしいことは、死の扉を叩くよりも危険な行為なんでござる。

絵はがきに「面白かった」と一言書いていただくだけで十分です。差出人の住所氏名を忘れずに。

……ぼくが書いたと思われるので。

ひとりでも多くのかたに、いちにちでも長く楽しんでいただけますように。

〒一〇二―〇〇七四
東京都千代田区九段南一―六―一七　千代田会館五階
毎日新聞出版株式会社
図書第一編集部
鈴木輝一郎著『光秀の選択』係

※本書は書き下ろしです。

鈴木輝一郎（すずき・きいちろう）

一九六〇年岐阜県生まれ。日本大学経済学部卒業。九一年『情断！』（講談社）で作家デビュー。九四年「めんどうみてあげるね」（『新宿職安前託老所』出版芸術社刊に所収）で第四七回日本推理作家協会賞（短編および連作短編部門）を受賞。おもな歴史小説に『金ケ崎の四人』『姉川の四人』『長篠の四人』『桶狭間の四人』（以上、毎日新聞出版）『本願寺顕如』『織田信雄』（以上、学陽書房）『戦国の鳳 お市の方』（講談社）がある。エッセーに『新・時代小説が書きたい！』（河出書房新社）。

公式サイト　http://www.kiichiros.com

光秀《みつひで》の選択《せんたく》

印刷　二〇二〇年七月二〇日
発行　二〇二〇年八月 五 日

著者　鈴《すず》木《き》輝《き》一郎《いちろう》

装画　森美夏
装丁　鈴木正道

発行人　小島明日奈
発行所　毎日新聞出版
〒一〇二-〇〇七四
東京都千代田区九段南一-六-一七
千代田会館5階
営業本部　〇三（六二六五）六九四一
図書第一編集部　〇三（六二六五）六七四五

印刷　精文堂印刷
製本　大口製本

ISBN 978-4-620-10850-6